NAPOLÉON EN ITALIE

MÉRY

NAPOLÉON

EN ITALIE

PARIS

LIBRAIRIE NOUVELLE

BOULEVARD DES ITALIENS, 15

A. BOURDILLIAT ET Cᵉ, ÉDITEURS

La traduction et la reproduction sont réservées

1859

Paris. — Imp. de la Librairie Nouvelle, — A. Bourdilliat, 15, rue Breda

AVERTISSEMENT

DE L'ÉDITEUR

———

Lorsque M. Méry nous a proposé de donner nos soins à la publication de *Napoléon en Italie*, poëme en vingt chants, dont le premier vers n'existait pas encore, nous n'avons pas hésité à répondre à l'appel du poëte et à partager la double confiance qu'il avait dans l'exactitude périodique de son travail et dans le succès continu de nos armes.

« Si je prévoyais, nous disait-il, une seule interruption dans mes livraisons ou dans nos victoires, je ne commencerais pas. »

L'événement a justifié cette prédiction ; elle est d'ailleurs reproduite dans les premiers chants du poëme.

La paix de Villafranca pouvait seule arrêter l'œuvre à sa moitié. Nul ne doute que les vingt livraisons auraient paru, si la guerre eût été plus longue.

Nous n'avons reculé, nous, éditeur, devant aucun sacrifice ; et nous avons voulu que l'exécution matérielle fût réellement digne d'une œuvre qui restera comme un monument contemporain de la glorieuse guerre d'Italie, et comme un poëme sans précédent, dans lequel la fougue et la rapidité de l'improvisation n'ont rien enlevé à l'éclat du style, à l'élévation de la pensée et aux soins minutieux des détails.

Il y a trente ans; j'écrivis ces vers qui terminent la *Villéliade*,
et ressemblent à une prophétie :

> Sous les marbres sacrés de la place Vendôme
> La terre tressaillit, et l'oiseau souverain
> S'agita radieux sur sa base d'airain.

Les hommes d'État de l'époque regardèrent cette prophétie
impériale comme un paradoxe, et le poëme ne fut pas saisi.

Un an après, je publiai, avec Barthélemy, *Napoléon en Égypte*,
favorisé d'une trentaine d'éditions.

En 1830, je donnai ce poëme à la reine Hortense, au frère de l'Empereur, le roi de Westphalie, et à la reine de Naples, qui daignèrent y voir une espérance. A Rome, l'auguste mère de Napoléon Ier me fit l'honneur de me dire, la veille de sa mort, au palais Rinuccini : « J'ai dans l'idée que mes petits-fils rentreront en France par la volonté nationale. »

De mes pèlerinages en Italie, il me reste donc un souvenir qui domine tout, c'est le souvenir de l'Empereur. Le poëme que je publie aujourd'hui se rattache au prestige qu'avaient déjà pour moi ces deux noms dans ma jeunesse : Italie et Napoléon.

————

NAPOLÉON
EN ITALIE

I

ITALIE!

Oui, rien ne dégénère au pays où nous sommes !

Toujours sous d'autres noms, naissent les mêmes hommes !

Et quand les esprits forts, contempteurs du présent,

Vaticinent la fin d'un monde agonisant;

Diogènes railleurs vont à la découverte

D'un seul homme, peuplant une France déserte,

Et demandent aux nains qui rampent sous leurs yeux,

S'ils sont vraiment les fils des géants, leurs aïeux,

Un incident surgit ; une rumeur immense

Ébranle l'univers ; le passé recommence,

Les jours des grands périls reviennent, et des voix

Font un appel lugubre aux héros d'autrefois,

• Nomment tous ces guerriers, géants de même taille

Qui semaient la terreur sur le champ de bataille,

Et se sont endormis, dans leur froid panthéon,

Du sommeil de la mort, avec Napoléon.

Où sont-ils ? dites-vous. Mais, endormis la veille,

Le premier cri de guerre, aujourd'hui, les réveille.

Déjà, dans la Crimée, ils ont changé de noms

Au baptême de feu, vomi par les canons !

Ainsi, rassurez-vous, ô citadins timides :

Jadis, on les nommait, devant les Pyramides,

Kléber, Desaix, Murat, Lannes et Beauharnais :

Aigle de l'Empereur, quand, pour nous, tu renais,

Ils adoptent ces noms d'illustre renommée,

Burinés sur les rocs de l'ardente Crimée ;

Les héros d'Aboukir, du Thabor, du Carmel,
Se nomment Canrobert, Bourbaki, de Lourmel,
De Lourmel qui voulait prendre seul une ville,
Cler, Decaen, Mac-Mahon, Mellinet, d'Allonville,
Et vingt autres encor, qui du second élan,
Bondissent de l'Euxin aux plaines de Milan,
Et vont continuer l'histoire paternelle
Sous ce ciel que notre aigle effleura de son aile,
Sous ce soleil, qui vit nos drapeaux triomphants,
Et propice aux aïeux, va sourire aux enfants !

Aujourd'hui, ce n'est plus pour un arpent de terre,
Que la France se lève et déchaîne la guerre,
L'aigle n'a pas repris son essor souverain
Pour s'agrandir un peu sur l'Escaut ou le Rhin ;
La France a dans ses mains, l'Afrique tout entière,
Et partout l'Océan est sa large frontière ;

Elle a donc tout un monde à créer, à présent,

De l'Atlas, aux trois mers; ce lot est suffisant.

Et ce n'est pas non plus la France qui mendie

Les impôts de Venise et de la Lombardie,

Et demande aux hameaux, de sang humain rougis,

Son pain quotidien qui lui manque au logis;

La France est assez riche et peut vivre chez elle

Sans emprunter ailleurs, sans exciter le zèle

Des banquiers trop rétifs, dont le prêt hasardeux

Se réserve un florin, quand il en risque deux.

Lorsqu'elle veut remplir ses coffres, elle lance

Son mandat à ses fils; personne ne balance,

Le riche et ses écus, le pauvre et ses liards

Arrivent; dans un jour, on a deux milliards.

En fait de gloire aussi la France est assez riche,

Elle pourrait en vendre un peu, même à l'Autriche,

Sans beaucoup s'appauvrir; elle a des monuments

Élevés de partout à ses vieux régiments;

Des colonnes, des arcs, où l'airain et la pierre

Étalent des exploits à lasser la paupière,

Avec l'aigle de France, et le sphinx de Karnak,

Où l'Empire nous crée un nouvel almanach;

Car la noble Clio, la muse de l'histoire,

Au lieu du saint du jour, y grave une victoire!

Donc, si la France encor se lève, cette fois

On ne met plus en jeu les caprices des rois,

Ou des ambitions la sanglante folie ;

Elle va consoler sa mère, l'Italie,

Et pour venir en aide à ceux que nous aimons,

D'un coup de son épée elle aplanit les monts !

Il est passé le temps de ces conquêtes vaines !

Aujourd'hui, notre sang s'allume dans nos veines,

En voyant Niobé versant des pleurs amers,

Et confiant sa plainte aux plaintes des deux mers,

Sans voir venir des ports de France ou d'Angleterre

Le secours attendu par cette noble terre!

Et que lui manque-t-il à ce pays si beau

Qu'entourent le silence et le deuil du tombeau

Pour remonter aux temps où sa mine féconde

Des trésors du génie enrichissait le monde?

A-t-il perdu ses ports, ses beaux fleuves, son nom,

Ses deux mers, son soleil, sa poésie? Oh non!

C'est toujours, c'est toujours l'Italie adorée

Qui créa l'âge d'or de Saturne et de Rhée;

C'est toujours ce soleil qui mit sur l'Aventin

L'auréole d'azur du grand peuple latin,

Et dans ses doux rayons fit resplendir à Rome

La beauté de la femme et la fierté de l'homme!

C'est toujours le pays qui donne des leçons

Dans un calme immobile à nous tous qui passons;

Toujours l'*alma parens*, la divine Cibèle

Abreuvant l'univers à sa double mamelle,

Et, sur ses vieux débris, sauvés du temps rongeur,

Enseignant l'avenir au monde voyageur :

Dans le flanc de ses monts, c'est toujours cette argile

Dont Dieu fit Raphaël, et Danté, après Virgile,

Humaine trinité qui, sur la terre a lui,

Et ferait croire en Dieu, si l'on doutait de lui !

Toujours, dans ses vallons, sous son ciel, sur ses marbres,

Ce démon de midi qui fait vibrer les arbres,

Darde la flamme au cœur, et dicte tous les vers

Dont le souffle amoureux embrase l'univers !

Toujours, du pied des monts, au golfe de Tarente,

Ce chant aérien, cette brise odorante,

Ce murmure des pins, ces suaves concerts,

Cet éternel duo chanté par les deux mers,

Dans le golfe tranquille, et sur le promontoire,

Forment gratuitement un saint conservatoire

Où l'artiste, écoutant par l'oreille du cœur,

A le soleil pour lustre, et Dieu pour professeur.

Aussi, le monde entier les a-t-il applaudies,

Ces musiques du cœur, ces tendres mélodies,

Que l'orchestre des pins, des vagues et des fleurs

Inspira pour l'amour, le sourire ou les pleurs !

C'est toujours le pays de la lyre féconde !

Et n'aurait-il créé, comme Dieu crée un monde,

Un soleil radieux qui n'a point de couchant,

Que Rossini, son fils, le Virgile du chant,

Il faudrait entourer cette terre bénie

De ce profond respect qu'on accorde au génie

Et traverser les monts pour dresser un autel

A l'auteur de *Moïse* et de *Guillaume Tell !*

Eh bien ! que manque-t-il à cette zone ardente,

Mère de Raphaël, de Virgile et du Dante,

A ce sol vigoureux encor de puberté ?

Il lui manque un rayon perdu !... sa liberté !

Oh ! tu la reprendras ! ton corps attend cette âme,

Italie ! et Vesta n'a pas éteint sa flamme !

Oui, nous nous rappelons trop bien ce que tu fis

Dans les terribles jours des belliqueux défis,

Quand, tombé sur l'Europe, au souffle de l'Asie,

Le barbare éteignait l'art et la poésie !

Quand le croissant, vainqueur du *Labarum* latin,

Brisa, sous ses deux becs, l'atelier byzantin,

Tu reçus dans tes ports et dans tes basiliques

Ces épaves des arts, ces augustes reliques,

Que les flots du Bosphore envoyèrent aux tiens,

Rouges encor du sang des artistes chrétiens.

Mahomet te lança le feu de ses colères ;

Gênes, Naples, Venise, apprêtant leurs galères,

Les yeux toujours fixés sur l'horizon romain,

Attendaient le sultan, leurs glaives à la main ;

Il ne vint pas ; et toi, généreuse Italie,

Bien plus artiste alors que la Grèce amollie,

Digne de ton passé, fille des Antonins,

Tu fondas un refuge au pied des Apennins

Pour tous ces exilés, qui, dans un monde avare,

Demandaient une toile ou le bloc de Carare,

Et tu leur donnas tout ; les peintres, les sculpteurs,

Atteignirent de l'art les sublimes hauteurs ;

Sur tous les horizons, la Péninsule entière,

De son antiquité se créa l'héritière ;

On épuisa Carare ; on lança vers les cieux

Ces dômes, dont la cime épouvante nos yeux ;

On prit des pans de mur pour toiles, et les fresques

Reçurent du pinceau des tailles gigantesques ;

On exhuma partout la Rome des Césars,

Avec ses vieux trésors, les merveilles des arts,

Ses colonnes, ses dieux, son peuple de statues,

Reliques, par la main du Vandale abattues,

Et tu devins encor, malgré tànt de revers,

Quoique esclave de tous, reine de l'univers !

Il faudrait être Scythe, ou Bulgare, ou Sarmate,

Né d'un flocon de neige, et d'un froid diplomate,

Pour ne pas tressaillir de colère, en pensant

Que ce noble pays a donné tout son sang

Pour nous civiliser, nous tous, tant que nous sommes,

Pour charmer les ennuis de l'enfance des hommes,

Et qu'aujourd'hui la chaîne est rivée à ses pas !

Tout appartient à lui, lui ne s'appartient pas !

Oh ! la France lui doit l'aide de sa puissance ;

Un rayon florentin fit notre Renaissance,

Nous nous en souvenons ; ses cris sont entendus.

Honte au peuple oublieux des services rendus !

France, fais ton devoir et le devoir des autres,

Unis dans le combat ses étendards aux nôtres,

Ton sang avec le sien, tes mains avec ses mains,

Et nous retrouverons ensemble les chemins

Où l'oncle impérial, par un double prodige,

Enchaînait le Danube, et délivrait l'Adige.

La carte du pays porte d'illustres noms

Connus de nos soldats ; nous nous en souvenons

Toujours avec orgueil, depuis soixante années ;

Ils nous rendront bientôt les mêmes destinées ;

Nos soldats y verront passer devant leurs yeux

Les ombres des grands morts, leurs immortels aïeux,

Et voudront leur prouver, en marchant sur leur trace,

Que le même pays revoit la même race !

Allez, puisqu'il le faut, en bataillons épais,

Par cette guerre encor nous conquérir la paix ;

Fasse le Dieu du ciel que ce soit la dernière ;

Après, nous enfermons Bellone prisonnière

Au temple de Janus, et de la même main,

Nous jetterons ses clefs dans le fleuve romain.

II

BAPTÊME ET DÉNOMBREMENT

2

Paris Imp. A. Bourdilliat.

II

BAPTÊME ET DÉNOMBREMENT

Quand le hasard agit avec intelligence,

Il perd son nom : il faut l'appeler Providence ;

Au début de la guerre, une invisible main

A conduit nos soldats sur le noble chemin

Où retentit un nom d'illustre renommée,

Lannes Montebello, l'Achille de l'armée !

La grande ombre était là, debout, comme autrefois,

Et l'air retentissait d'une héroïque voix

Qui disait : « Mes enfants, le premier canon tonne,
Je suis Montebello ; c'est ma main qui vous donne,
Dans ce jour où vos coups vont semer la terreur,
Le baptême de sang, au nom de l'Empereur !
Après trente combats, que notre histoire nomme,
Je mourus, honoré des larmes du grand homme ;
Marchez dans les éclairs, sur les foudres d'airain,
Dignes de vos aïeux et de votre parrain !
Quand la France combat, l'univers la regarde ! » (1)

Ils étaient, ce jour-là, cinq mille en avant-garde,
France et Piémont, afin que l'un et l'autre sang
S'unissent, pour sceller le pacte, en commençant ;
Afin que le prologue, écrit avec l'épée,
Fût signé des deux noms, avant leur épopée ;
Un contre trois, toujours selon l'usage admis ;
Donc, égaux par le nombre avec les ennemis.

Au César du Danube, arrivé de la veille,

On voulait faire voir enfin une merveille,

Son aigle épouvantant le nôtre, et, disait-on,

Le noyant dans le fleuve où périt Phaëton !

Et l'Éridan riait dans ses massifs de saules,

Car l'aigle de la France et l'ancien coq des gaules

Lui sont connus ; ce roi des beaux fleuves latins,

Arbitre de la guerre, arbitre des destins,

A vu, sur son théâtre, ennobli par la gloire,

Passer tous les enfants du Rhône et de la Loire ;

Et ce juge éternel du monde belliqueux,

Jamais ne partagea ses lauriers qu'avec eux. (2)

L'aigle n'est pas noyé ; son vol perce la nue ;

La France est toujours France, elle se continue :

Des hauts sommets alpins à peine nous tombons,

Et nous sommes vainqueurs ! Les augures sont bons ;

L'ouverture est superbe, et dans la Lombardie

Les chœurs italiens déjà l'ont applaudie,

Et de Napoléon en voyant l'héritier,

Prédisent même chance au drame tout entier !

Arrivez maintenant, faites votre œuvre immense,

Soldats libérateurs, le poëte commence,

Car il sait bien comment vous devez la finir :

Déjà votre passé lui montre l'avenir,

Et déjà s'il prélude à votre hymne de fête,

C'est qu'avec vous il est aisé d'être prophète.

Il vous a vu partir, dans un avril joyeux,

Il vous a vu marcher du pas de vos aïeux,

Et puis vous envoler, créateurs de l'histoire,

Sur le chemin de fer qui mène à la victoire.

C'étaient nos fantassins, légers sous leurs fardeaux,

Le fusil sur l'épaule, et le sac sur le dos,

Par un de ces beaux soirs que jamais on n'oublie,

Comme à la promenade allant en Italie.

On voyait, en avant, passer les colonels,

Avec leurs yeux de flamme et leurs airs paternels,

Calmes sur leurs chevaux, dans la foule animée,

Brunis par le soleil d'Afrique ou de Crimée,

Adressant à Paris, sous les ombres du soir,

Ces tranquilles adieux qui disent au revoir ;

Et, sur le boulevard, devant le café Riche,

Saluant leurs amis, sans songer à l'Autriche.

C'étaient des escadrons de toute arme, étalant

Les splendides rayons d'un luxe étincelant,

Souriant aux clairons qui sonnaient à leur tête,

Courant à la bataille en costume de fête.

C'étaient les artilleurs dont l'arrêt souverain,

Prononcé dans la plaine avec des voix d'airain,

Des fils de Metternich fait taire la parole,

Licencie un congrès, déchire un protocole,

Et, par son éloquence, éclairant l'horizon,

Aux diplomates sourds fait entendre raison.

Puis, ceux qui de la mort vont égayer les scènes,

Le zouave, cousin du chasseur de Vincennes,

Le zouave, soldat par l'Europe vanté !

Notre siècle, pourtant, ne l'a pas inventé :

Cet Africain, ce fils d'une zone enflammée,

Ce lion en turban qui veut suivre une armée,

Annibal le créa de ses puissantes mains,

Et comme épouvantail le fit voir aux Romains.

Il arriva, bronzé par le soleil numide,

La flamme au front, vêtu d'une simple chlamyde,

Des plaines aux sommets bondissant dans les airs

Selon la gymnastique enseignée aux déserts,

Et, rouge météore, ou tempête vivante,

Semant partout, au vol, la mort et l'épouvante.

C'est le même zouave, et s'il n'a plus aux mains

Le glaive droit qui tue et creuse des chemins,

Foudroyant quatre fois la légion romaine

Au Tessin, à Trébie, à Canne, à Trasimène,

Il a la baïonnette, une arme de l'enfer,

Un poignard à deux mains, un ouragan de fer.

Son cousin, le chasseur, assez humble de taille,

Se diminue encor dans un jour de bataille,

Et même disparaît; c'est un soldat serpent,

Qui dédaigne la marche, et qui vole en rampant;

Son fusil ne ment pas; quand l'amorce étincelle,

Quand son œil a marqué le but, le but chancelle

Et tombe; il tient caché le coup qui va partir,

Et s'amuse au combat, comme il s'amuse au tir.

Voici la garde, avec son drapeau de Crimée!

Fille de l'Empereur et de sa grande armée,

Elle sait son devoir, et connaît son blason :

Quand on voyait surgir son aigle à l'horizon,

Jadis, le sol tremblait; une voix, dans l'espace,

Disait : Inclinez-vous, c'est la France qui passe!

Et cette voix souvent nous donnait au réveil

La victoire endormie au coucher du soleil.

Nous ne regrettons rien ; sa fille est digne d'elle :

Terrible dans les chocs, vivante citadelle,

La garde impériale est une armée à part

Et peut offrir à l'autre un solide rempart,

Si, par distraction, une fois, la victoire

Donnait une lacune à notre jeune histoire.

Ils sont partis ; hier encore ils étaient là

Défilant devant nous, en masse ; on attela

L'hippogriffe aux wagons ; la trombe de fumée

Qui guidait les Hébreux, vers l'heureuse Idumée,

S'éleva dans les airs, comme un signal de Dieu,

Et cinq cent mille voix leur firent un adieu...

Le lendemain, rasant les flots de Ligurie,

Ils voyaient l'horizon de la terre chérie,

Et Gênes, la première avant toutes ses sœurs,

Pour eux mettait à nu ses montagnes de fleurs.

Là, partout, on signait le pacte qui nous lie

Au glorieux destin promis à l'Italie :

Les nobles jeunes gens, par la gloire excités,

Pour courir aux drapeaux désertent les cités ;

Guelfes et Gibelins, oubliant leur querelle,

Veulent une Italie, et se battront pour elle.

Plus d'Autriche sur nous ! ont-ils dit en brisant

Le traité qui les lie à ce joug écrasant.

L'étincelle française allume l'incendie ;

Tous, vêtus en soldats, viennent en Lombardie ;

Ils quittent, dédaigneux du luxe et du repos,

L'ombre de leurs villas pour l'ombre des drapeaux ;

Ils quittent leurs palais où la jeunesse hérite

Des roses de Pœstum, des lits du Sybarite ;

La nymphée, où la gerbe au murmure léger

Fit inventer la sieste au pied de l'oranger ;

Les amours commencés aux douces promenades,

Sous le dôme des pins et sous les colonnades ;

Le théâtre superbe, où le chant de Verdi

Par un public artiste est toujours applaudi ;

Les concerts sur le fleuve et les bals sous les arbres ;

Les Louvres, rayonnant de toiles et de marbres ;

Les Cashines, Longchamps du monde florentin ;

Le Cours, où Rome encor semble parler latin ;

Les maisons de plaisance, au bord du lac tranquille,

Ou sur les flots d'azur, franges de la presqu'île ;

Tout ce qui donne enfin de suaves instants

Au sourire premier des fleurs et du printemps ;

Et tous ces déserteurs du Latium moderne,

Inhument leurs blasons au fond d'une giberne ;

Pour prendre le fusil mettent à nu les mains,

Fabriquent la cartouche avec leurs parchemins,

Se font au dur métier des marches et des veilles,

Au sifflement du plomb préparent leurs oreilles,

Et, dans leurs courts festins, mêleront en courant,

Le pain noir du soldat avec l'eau du torrent.

Ces élégants seigneurs n'auront plus qu'une fête,

La bataille ! Un héros marche et brille à leur tête,

Garibaldi ; cet homme est un drapeau vivant ;

Nul ne reste en arrière à son cri d'en avant !

Il est, malgré l'Autriche, et Vienne, et son conclave,

Le Spartacus chrétien de la noblesse esclave ;

Son nom donne à Gessler déjà l'effroi mortel,

Sur le lac et les monts, chers à Guillaume Tell !

Oh ! tant de souvenirs, tant d'histoires passées,

De généreux instincts, d'héroïques pensées,

Ne seront pas perdus ! nous touchons à l'instant

Où le bruyant Paris se tait, car il attend

Avec un cœur rempli d'espérances avides

Une voix de canon, tonnant aux Invalides,

Le *Te Deum* d'Arcole, impérial refrain

Qu'un cri de peuple mêle à l'orchestre d'airain ! (3)

NOTES

DU DEUXIÈME CHANT

NOTE 1

Dans un poëme dont Dieu seul connaît le plan, le poëte qui écrit sur les inspirations de l'heure et de la dépêche électrique, doit ménager ses descriptions de batailles ; car il ignore les dithyrambes que lui prépare l'avenir. Aussi, le magnifique combat d'avant-postes, livré à Montebello, ne pouvait fournir matière à des développements épiques. Ce prologue est merveilleux, sans doute, mais c'est un prologue. Le général Forey s'est couvert de gloire dans ce duel. Le brave colonel Cambriels, avec ses trois cents hommes, a été l'heureux Léonidas de Montebello, et le général Beuret la victime la plus regrettable. Le général de Sonnaz et son admirable cavalerie piémontaise se sont associés aux glorieux souvenirs de ce jour. A défaut du poëme, l'histoire plus complète rendra tous ses mémorables détails au second Montebello.

NOTE 2

Jamais ne partagea ses lauriers qu'avec eux.

L'Éridan, en latin *Eridanus* et *Padus*, était en grande vénération chez les anciens ; c'est dans ce fleuve que les dieux noyaient ceux qui veulent éteindre la lumière. Les maladroits faiseurs de mots ont traduit *Padus* par un nom bête, qui a réussi par conséquent. Le mot *Eridanus*, prononcé à l'italienne, se déroule avec la majesté euphonique qui convient au *roi des fleuves*. On ne conçoit pas que les deux ou trois latinistes, qui ont concouru à la première édition du dictionnaire, aient permis à un confrère stupide d'insulter ainsi ce noble Éridan par une exécrable traduction.

Virgile ne parle jamais de l'Éridan qu'avec enthousiasme : il lui consacre trois admirables vers dans les Géorgiques. Le poëte de Vérone, qui florissait au commencement du quinzième siècle, s'exprime ainsi : à propos du même fleuve :

> *Eridanus centum fluviis comitatus in æquor*
> *Centum urbes rigat.*

Claudien le nomme l'arbitre des destins, et de la guerre :

> *Belli Padus arbiter ibat.*

Je doute fort que l'Éridan arrose cent villes, mais cette exagération prouve du moins la haute opinion qu'on avait encore, à la fin du moyen âge, de ce magnifique fleuve, déshonoré dans notre langue par un monosyllabe sec et niais.

NOTE 3

Une voix de canon tonnant aux Invalides.

En 1846, une femme dévouée à la mémoire de l'empereur Napoléon Ier, me fit l'honneur de me demander des vers pour son album ! J'avais oublié cette page improvisée, et je la reçois aujourd'hui officieusement par la poste, avec invitation de la reproduire : j'obéis.

AUX VÉTÉRANS DE L'HOTEL DES INVALIDES

> Vétérans, gardez bien dans votre basilique
> La tombe impériale et la grande relique,

Car, au delà des mers, comme au delà des monts,
Si l'honneur nous appelle, et si nous rallumons
Ces tonnerres oisifs que l'arsenal des villes
Ne prête qu'à regret aux batailles civiles,
Nous prendrons cette tombe auguste, ô vétérans !
Et nous la porterons au milieu de nos rangs,
Sur les champs de victoire, où, dans les jours prospères,
L'Empereur conduisait nos héroïques pères,
Comme on fit autrefois, lorsque vers l'ennemi
S'avançait au cercueil du Guesclin endormi.
On verra ce qu'un nom d'immense renommée
Porte en lui d'enivrant pour conduire une armée,
Quand, des glaces du pôle aux déserts de Memnon,
L'univers a, vingt ans, retenti de ce nom !

20 mars 1846.

Quand j'écrivais ces vers, je n'aurais pu prévoir, qu'en mai 1859, l'empereur Napoléon III, après avoir reçu le sacre populaire sur la place de la Bastille, au milieu des acclamations de la capitale, partirait pour se mettre à la tête de la seconde grande armée, sous le ciel de Marengo !

III

AVANT LA BATAILLE

Paris, Imp. A. Bourdilliat.

III

AVANT LA BATAILLE

Quand le canon mugit, toute haine s'efface ;

Honneur à l'ennemi que nous avons en face,

Nous devons incliner le glaive devant lui,

Dès qu'un premier éclair sur les deux camps à lui.

Au terrain des duels l'insulte doit se taire ;

C'est l'article sacré du code militaire,

Et nous sommes heureux lorsque nous rencontrons

Des braves ; les Français redoutent les poltrons.

Mais aussi, quand la mort tient sa faucille prête,

La sainte humanité parle au cœur du poëte ;

Il s'est ému déjà des futures douleurs ;

Le jour d'une bataille est la veille des pleurs ;

Car, loin des camps, en proie aux angoisses amères,

Des deux côtés, on voit des femmes et des mères !

Aussi, lorsque au début des combats dévorants,

A l'heure, où rien ne brise et n'éclaircit les rangs,

Où la teinte de sang ne rougit pas les fleuves,

Où le deuil est encor suspendu sur les veuves,

Le poëte, qui peut déjà compter les morts,

Cherche sur quels auteurs pèseront les remords ?

A quels absents il faut donner tort ? Sur qui tombe

Le responsable deuil de l'immense hécatombe ?

Les généreux soldats n'ont jamais rien à voir

Dans un tel examen ; leur rôle est le devoir ;

Ils ne discutent point l'ordre émané du trône :

Du Danube ou du Rhin, de la Seine ou du Rhône,

Ils arrivent ; l'honneur, en termes éloquents,

Parle la même langue aux soldats des deux camps ;

Avec la même voix, la gloire les anime ;

Ils ne demandent pas quel Sinon anonyme,

Machinant la discorde autour d'un tapis vert,

A déchaîné l'orage et s'est mis à couvert :

Dans toute nation, Dieu mit les mêmes sommes

D'honneur et de courage au cœur de tous les hommes,

Et là-bas, comme ici, l'armée, à son départ,

D'un trésor aussi beau prend la meilleure part.

Cela dit, la pensée aux tours de Saint-Étienne

S'élance du Tessin, et va planer sur Vienne,

Et la voix qui la suit descend, pour parler bas,

A trois barons, avant de chanter les combats.

Quel toit de plomb, quel ciel de lourde Béotie

Couvre donc l'atelier de ta diplomatie,

Autriche? Trois barons, conseillers maladroits,

Sans doute, des Césars tiennent leurs anciens droits;

Vingt siècles les ont fait nobles, comme l'indique

Le parchemin saxon du grimoire héraldique,

Moi-même je les crois, et le déclare ici,

Plus nobles qu'un fils d'Eve et que Montmorency ;

Les croisés de Solime et de Constantinople,

Leurs fils, portant *d'azur, d'argent, d'or, de sinople*,

Avec *besants* ou *croix, coquilles* ou *chevrons*,

Sont d'humbles roturiers auprès de ces barons ;

Eh bien ! qu'un grand débat, en Europe survienne,

Quand ils sont rassemblés dans un hôtel de Vienne.

Devant un tapis vert sur la table arrondi,

Le plus baron de tous est un vieux étourdi.

Le jardin de sagesse est donc encore en friche ,

Dans ton palais romain, ô vénérable Autriche?

Tes grands hommes d'État ont voulu guerroyer;

La guerre coûte cher, quand il faut la payer;

Ils demandent alors, comme ressource unique,

Cent cinquante florins au Rothschild britannique,

Qui ne les donne pas, sous prétexte, dit–il,

Que le crédit est mort quand il voit un fusil.

N'importe ! on partira ! l'ultimatum arrive :

« Du Tessin, disent-ils, nous franchirons la rive,

Dans trois jours révolus, le quatorze, à midi,

Si le roi ne fait pas pendre Garibaldi

Et les Catilinas du Piémont... » Midi sonne,

Les trois jours sont finis, on n'a pendu personne.

Oh ! dit alors l'Europe, en poussant de grands cris,

Tout est perdu ! la France est encore à Paris :

Trois fils de Metternich, prompts comme un seul tonnerre

Même avant le début, vont terminer la guerre !

Le Piémont est conquis ; son noble souverain,

Par le nombre accablé, succombe avec Turin !...

Quelle erreur commettait la prévoyance humaine !

Giulay passe le fleuve, ensuite il se promène,

Toujours d'après l'avis de l'aulique Conseil,

De Verceil au Tessin, du Tessin à Verceil ;

Il arrondit des ponts sur deux ou trois rivières,

Il fait du pain avec le froment des rizières :

Pour ne pas dépenser les florins qu'il n'a pas,

Il confisque les bœufs qui paissent sur ses pas ;

Boit le vin du fermier ; met sa cavalerie

Économiquement au vert sur la prairie,

D'après l'exemple ancien, donné par Attila ;

On demandait trois jours pour faire tout cela !

Les Metternichs viennois lui répétaient sans cesse :

« Fauchez le riz, créez des ponts ; rien ne vous presse ;

N'allez pas à Turin, ce serait trop scabreux !

Le corps des Piémontais n'est pas assez nombreux,

Attendez les Français ; la dépêche électrique

Nous dit qu'il nous en vient trente mille d'Afrique,

Cent mille par Marseille et par le mont Cenis ;

Attendons-les : le jour qu'ils seront réunis

Avec ceux du Piémont, et que les deux arméés

Au complet le plus haut seront toutes formées,

Et qu'il n'y manquera pas un seul fantassin,

Vous vous retrancherez derrière le Tessin,

Avec des gabions et des chevaux de frise,

Obstacles, où l'élan du zouave se brise,

Et vous ne ferez rien ; jusqu'au dernier moment

Vous attendrez la fin de ce commencement. »

O fils de Metternich, vous avez des tactiques

Qui consternent, chez nous, nos plus fins politiques !

Notre esprit subalterne a fait de vains efforts

Pour deviner vos sphinx ; ah ! vous êtes bien forts !

Je ne m'étonne plus maintenant qu'on vous cite

Déjà comme roués, dans Salluste et Tacite,

Et vous avez encor décuplé vos talents

Par une expérience acquise en deux mille ans !

Et puis, quel beau projet, dans sa forme hardie,

De vouloir, malgré tous, garder la Lombardie,

Et de tenir serrés dans les mêmes liens

Vos voisins les Hongrois et les Italiens !

L'Autriche fut jadis la maîtresse du globe,

Il lui faut l'Italie aux franges de sa robe,

Elle porte, dit-on, dans ses puissantes mains,

Le sceptre des aïeux, les empereurs romains.

Eh bien ! ce complément de toilette avilie,

Barons du haut Conseil, révolte l'Italie ;

Elle a cru découvrir, elle reine des arts,

Du vieux cuivre dans l'or qui vous vient des Césars,

Et des faux monnayeurs, forgeant dans leurs fabriques,

Sans le poinçon romain, vos écus héraldiques ;

Et se croyant ainsi bien plus noble que vous,

Elle est lasse à la fin de plier les genoux,

Et dans l'éruption de sa puissante haine

Debout elle se lève, et du fer de sa chaîne,

Elle forge partout ce glaive redouté

Qui ressuscite un peuple avec sa liberté !

Barons du haut Conseil, voilà donc votre histoire :

Sot orgueil, surdité, folie. Il est notoire

Que l'Europe aujourd'hui, les peuples et les rois,

De la noble Italie, ont reconnu les droits,

Et que vous êtes seuls de votre avis au monde,

Trois contre l'univers ! Eh bien ! le canon gronde ;

Le grand fleuve lombard coule entre deux volcans ;

On va tuer ; on est brave dans les deux camps.

Le sang qui va rougir ces lamentables fêtes,

Conseillers de malheur, rejaillit sur vos têtes ;

Son stigmate hideux restera sur vos fronts

Pour livrer votre race à d'éternels affronts.

Appeler sur vos toits, comme un coup de tonnerre,

La malédiction du ciel et de la terre,

Et vous faire partout connaître du passant,

A vos teints de cadavre, à vos parfums de sang !

Que la révolte, armée au nom de la justice,

Pousse un cri solennel ! Que ce cri retentisse,

Du golfe Adriatique aux bords du lac Majeur,

Car le droit est pour nous ! L'ouragan voyageur,

Le général soldat, celui qui, dans son âme,

A gardé l'étincelle, et fait jaillir la flamme,

Garibaldi, marchant à la tête des siens,

Grand comme les héros des poëmes anciens,

Lance le premier feu, qui, sur la Lombardie,

Va bientôt allumer un superbe incendie

Autour des oppresseurs, et changer en prison

Tout le cercle insurgé de l'ardent horizon.

Milan déjà peut voir, du sommet de son dôme,

La nuit illuminant la liberté de Côme :

Sa montagne de marbre, aux sublimes hauteurs,

Tressaille, en répétant les cris libérateurs

Qui rendent l'espérance aux âmes abattues,

Et font vivre un moment ses trois mille statues,

Cortége triomphal par Dieu même sculpté,

Et descendant du ciel avec la liberté !

La ligne du Tessin est en feu, tout s'avance

Avec les trois couleurs de Piémont et de France;

Tout marche au même but, d'un élan vigoureux,

Le grand fleuve lombard est un ruisseau pour eux ;

Que l'ordre soit donné, que le signal arrive,

Ils vont, dans les éclairs, sauter sur l'autre rive ;

Ils préludent déjà ; notre auguste allié,

Le Roi, par sa grandeur, ne sera pas lié

Au rivage natal ; déjà Victor le brave,

Avec nos Africains vient de passer zouave,

Il s'est précipité sur le feu des canons

Comme un soldat obscur qui veut se faire un nom,

Prenant pour diadème, au fort de la tempête,

L'auréole de feu qui couronne sa tête.

Puis, une voix tonnant au milieu des éclairs,

Redite par les monts et les échos des airs,

Retentit tout à coup sur la rive enflammée ;

La grande voix qui sort des lèvres d'une armée,

Et répandant la joie, ou semant la terreur

Comme aux jours d'Austerlitz, annonce l'Empereur !

Tout est donc prêt ; l'Autriche ennemie est en face ;

Empereur, roi, soldats, chacun a pris sa place,

Et tous remplis d'espoir, et la foudre à la main,

Ils ravissent à Dieu le secret de demain !

4 juin 1859.

MAGENTA

CHANT DE VICTOIRE

5 juin 1859.

Jamais, dans ton espoir, tu ne seras trompée,
France ! du premier coup de ta vaillante épée
Tu délivres Milan du joug de l'oppresseur !
L'Empereur, glorieux messager de l'histoire,
Lui-même a proclamé cette grande victoire,
    Marengo nous donne une sœur !

Nous revenons aux jours d'illustre renommée
Où les voix du canon et de la grande armée

Chantaient la joie après leur hymne de terreur ;
Où le soleil de juin, étoile d'espérance,
Frappant de cécité l'ennemi de la France,
    Ne luisait que pour l'Empereur !

Les augures latins, consultés sur l'Adige,
Étaient déjà pour nous, car un nom de prodige,
Montebello courait dans l'azur radieux,
Et la voix d'un héros, tonnante dans l'espace,
Sur la rive, disait à la France qui passe :
    Enfants, vous êtes vos aïeux !

Déjà sur le Tessin, un roi d'illustre race
Victor-Emmanuel avait suivi la trace
Des héros glorieux dont il porte le nom ;
Sur le champ de bataille avait placé son trône,
Et terni noblement l'or pur de sa couronne
    Dans le feu qui sort du canon !

Quelque chose de grand à l'horizon se lève,
Disait-on ; nos soldats ont essayé le glaive ;
Ils préludent encor ; l'épopée est au bout ;
Prêtons l'oreille au bruit qui se fait dans la tombe,
Après un Marengo, quand un géant y tombe
    Devant Napoléon debout !

A Magenta ! ce nom, hier obscur encore,
D'un merveilleux éclat aujourd'hui se décore,
Des grands noms de victoire il deviendra l'égal ;
Il ajoute, ce soir, en sortant de son ombre,
Une étoile de plus aux étoiles sans nombre
    Du firmament impérial !

A Magenta, l'Autriche allume ses fournaises ;
Elle change en volcans les plaines milanaises ;
En embûches de mort les défilés étroits,
Pour voir si nos enfants sont de la même école
Que leurs nobles aïeux, si le vainqueur d'Arcole
    Revit dans Napoléon Trois.

Ils l'ont dit !... Mac-Mahon a vu la jeune armée
Éteindre dans son vol, les volcans de Crimée,
Il va, d'un même coup, donner le même élan ;
Et l'aigle impérial, de ses puissantes serres
Brisant l'écluse ardente, où grondent les tonnerres,
    Ouvre le chemin de Milan !

Au bruit lointain, Milan palpitait d'espérance !
Et la terre tremblait sous les pieds de la France,
Comme au plus beau des jours dont nous nous souvenons !
Elle continuait son éternel prodige ;
Son bras déracinait l'ennemi sur sa tige,
    Son souffle éteignait les canons !

Ces ouragans de mort, ces tempêtes sublimes
Renversant l'ennemi sur la plaine et les cimes
Magenta les a vus passer dans les éclairs,
Et le soleil de juin illuminant la nue,
Applaudissait la France, et l'ayant reconnue
    Lui souriait du haut des airs !

Paris, meublé partout des joyaux de nos gloires,
Jamais ne s'habitue à ces grandes victoires ;
Il tressaille toujours, toujours jeune de cœur,
Comme aux âges-premiers de son adolescence,
Lorsque le roi Clovis baptisant notre France,
    A Tolbiac était vainqueur !

Quand la nuit est tombée après un jour de fête
Paris des feux de joie a couronné sa tête,
Pour rallumer le jour, et d'un immense chœur,
Saluer l'ange heureux qui nous rend Dieu propice,
La reine de beauté, la jeune impératrice,
    Au cri de vive l'Empereur !

IV

BATAILLE DE MAGENTA

Paris. Imp. A. Bourdilliat

IV

BATAILLE DE MAGENTA

Autrefois la bataille était chose courtoise ;
Les deux camps mesuraient la distance à la toise
Comme dans les duels engagés sur les prés ;
Au début du combat, on s'avançait si près,
Qu'à Fontenoy, les chefs de France et d'Angleterre,
Se firent poliment le salut militaire,
Comme en un jeu d'escrime, entre deux vétérans,
Et dans un dialogue établi sur deux rangs,

L'Anglais et le Français, le doigt à la détente,

Disputèrent, entre eux, dans une longue attente,

Pour s'accorder l'honneur de ce premier éclair

Qui trouble, le matin, le silence de l'air.

César, qu'espères-tu, lorsque tu quittes Vienne

Pour chercher l'ennemi ? Que ton ennemi vienne ?

Le voilà devant toi ! tous tes vœux sont comblés !

Plaine ou prairie, avec des herbes ou des blés,

C'est le terrain qu'il faut lorsqu'on a du courage,

Et qu'on veut, en un jour, terminer son ouvrage.

La grande guerre ainsi se fait : les partisans

Ont un autre système ; ils en vivent quinze ans ;

Des ennemis à jeûn ils épuisent l'haleine ;

Ils gardent la montagne ; ils évitent la plaine,

Et dressent finement l'embûche à chaque pas,

Batailleurs éternels qui ne se battent pas.

Absurde est l'agresseur lorsqu'il se favorise

De gabions épais et de chevaux de frise ;

Et que, d'un vif affront brûlant de se venger,

Il commence aux échecs par le *coup de berger*,

Se blottit sur les monts, déserte les prairies,

Dans des nids de vautours dresse ses batteries,

Et de ces nids lointains, tranquille possesseur,

Nous crie : Attaquez-moi, car je suis l'agresseur !

César, la grande guerre est un duel, vous dis-je ;

Vous nous avez donné rendez-vous sur l'Adige ;

Nous y sommes ; la guerre, épouvantable mal,

De ce monde nouveau n'est plus l'état normal,

C'est une exception, une éphémère crise,

Au milieu de la paix qui fonde et civilise ;

Finissons d'un seul coup ; la guerre n'est plus l'art

Lentement calculé par Polybe et Folard,

Ennuyeux jeu d'échecs, que joua trente années

Gustave-Adolphe, avec des pièces surannées ;

Déjà tout l'univers, à notre cause uni,

Demande, chaque soir, si ce n'est pas fini ?

Si vous avez pour vous Dieu, le droit, vos ancêtres,

La raison, tout enfin, comme disent vos prêtres,

Vous ne redoutez rien ; l'heure, le jour, le lieu

Sont chose indifférente au jugement de Dieu.

Quittez les monts, les rocs, les routes inconnues,

Descendez ; les héros n'habitent pas les nues :

Si cet art stratégique est par nous imité,

La guerre durera toute l'éternité ;

Mais notre aigle de France est un oiseau de plaine.

Vous tenez l'Italie au bout de votre chaîne,

Nous voulons la briser ; voilà nos différends :

Eh bien ! n'imitons pas les chevaliers errants,

Imitons Fontenoy ; déployez vos insignes,

En plaine, comme nous, mettez-vous sur trois lignes,

Et disons-nous en face, en nous serrant la main,

Le vaincu n'aura pas de revanche demain.

Au siècle de sagesse, au temps des fortes races,

O César, vos aïeux avaient leurs trois Horaces,

Qui se battaient en plaine, et sans retranchement.

Et finissaient la guerre à son commencement.

Vous avez progressé; vous êtes trois cent mille,

Faites donc, pour avoir une Europe tranquille

Et rendre le repos aux peuples comme aux rois,

Ce que vous avez fait, quand vous n'étiez que trois.

Ah! vous préférez donc le jeu qui s'éternise

Sur l'échiquier tracé de Turin à Venise;

Votre soif de vengeance aime assez les lenteurs;

Vous nous laissez la plaine, et gardez les hauteurs;

Fontenoy vous déplaît, et lorsque l'heure sonne,

César ne doit donner son salut à personne,

Il est placé trop haut; soit, nous accepterons

Le terrain: s'il était trop bas, nous monterons;

La France est bonne fille, et, quand Dieu l'accompagne,

Sa belle humeur à tout se résigne, en campagne,

Elle saisit dans l'ombre ou parmi les éclairs

Le reptile sous l'herbe et l'aigle dans les airs.

Ainsi donc retranchés, votre plan était sage;

Il fallait de Milan nous barrer le passage,

Car la course est ouverte, et Milan étant pris,

Nous sommes les vainqueurs, et nous gagnons le prix.

Mais vous ne direz plus que vos fines amorces

Nous obligent *toujours à déployer nos forces*,

Et qu'après avoir fait ce vaste déploîment,

Vous abandonnez tout, mais *provisoirement*.

Oui, nous acceptons tout, les hauteurs crénelées,

Les campagnes de fleurs, les ardentes mêlées,

Tous les jeux infernaux que la guerre inventa,

Même l'écueil de mort placé sur Magenta.

C'est le soleil de juin, le rayon d'espérance,

L'astre qui ne ment pas, l'étoile de la France,

Le ciel de Marengo, tout ce qui fut promis
Comme joie à la France et deuil aux ennemis ;
C'est un anniversaire ! Après soixante années,
Nos aigles vont revoir les mêmes destinées.

Mélas est encore là devant nous ; Turbigo,
Comme un écho lointain, répond à Marengo ;
Desaix arrivera, comme dans l'autre histoire,
Mais, plus heureux que l'autre, il verra la victoire ;
Il verra l'ennemi fuyant vers l'horizon,
Et d'un duché de gloire ornera son blason.

Nous voici ! Cavaliers, soldats, artillerie :
L'autre jour, ils étaient devant Alexandrie ;
Hier, en deux combats, ils semaient la terreur,
Aujourd'hui les voilà, conduits par l'Empereur !
L'autre César, toujours voyageant sur un trône,
Se plaint de sa grandeur qui l'attache à Vérone,
Mais il verra de loin ses braves généraux
Combattre en roturiers et mourir en héros.

Au *vive l'Empereur!* qui tonne dans l'espace,

La garde impériale arrive au fleuve et passe ;

L'armée est encor loin, n'importe ! de sa main,

Napoléon lui-même a tracé le chemin ;

Il est là, sous le feu des hautes batteries,

Calme comme à Compiègne ou comme aux Tuileries ;

Et dans les grands périls, de lui-même vainqueur,

Il éteint sur son front la flamme de son cœur.

Il vient de commencer par des œuvres bénies,

Il a, dans l'hôpital, soigné les agonies,

Assisté l'indigent, consolé la douleur,

Et du prisonnier même adouci le malheur.

La France, dans ses vœux, ne sera pas trompée,

Car la charité sainte a béni son épée :

Maintenant, éclatez au milieu des deux camps,

Arsenaux de l'enfer, tonnerres et volcans,

Le bon droit est pour nous ; on aborde sans crainte

L'ennemi le plus fort, quand une cause est sainte ;

S'il fallait un miracle, eh bien ! on l'obtiendra ;

Si tout était perdu, le miracle viendra !

Le fleuve est traversé ; six mille, et des plus braves,

La Garde, l'Empereur, l'élite des zouaves,

La France et sa fortune, et tous du même élan,

Sublimes de courage, ils allaient à Milan. (1)

Mais l'Autriche était là, savamment retranchée,

Debout sur les hauteurs, dans les herbes cachée,

La mèche sur l'affût, et masquant les créneaux ;

Préparant un Etna dans tous ses arsenaux,

Hérissant chaque pas de ses chevaux de frise,

Changeant en bastion le clocher de l'église,

Et de tous les engins qu'un démon inventa,

Faisant un Gibraltar avec un Magenta.

Si la France voulait s'amuser à ces ruses,

Et devant l'ennemi cheviller tant d'écluses,

L'ennemi, s'il pouvait, échapper au trépas,

Deviendrait centenaire, et ne passerait pas.

Passez, nobles soldats du drapeau tricolore !

Il s'est levé sur vous l'ouragan qui dévore,

Le tourbillon de feu ; tous les sillons de l'air

Apportent, en sifflant, la mort dans un éclair ;

L'incendie est partout, chaque atome étincelle ;

Le plomb coule en torrent, la mitraille ruisselle ;

Plus de place à la vie, un gouffre de l'enfer

S'ouvre, et vomit à flots, les balles et le fer ;

L'épouvantable bruit, sorti de ce cratère,

Monte jusqu'à la nue et fait trembler la terre ;

On s'étonne de voir un seul vivant debout

Sur ce chemin de flamme, où la mort est partout !

Pour la première fois, le zouave s'étonne ;

Son souffle n'éteint point ce Magenta qui tonne,

Ce volcan que l'Autriche allume sur ses pas ;

Il bondit sur ses feux, et ne l'étouffe pas :

Pour la première fois, l'obstacle le refoule,

Le rejette bien loin dans la lave qui roule,

Fait chanceler son pied sur le terrain mouvant,
Et le ramène au vol, comme un reflux vivant.
Ils mourront tous, la lutte est parfois inutile;
Six mille! aventurés contre cinquante mille!
Le nombre écrasera l'héroïque fureur;
Que Dieu nous soit en aide et sauve l'Empereur!

Le canon parle haut, sa voix nous favorise;
C'est le tocsin de mort, qui vole avec la brise,
Et crie à Canrobert, à Niel, à Mac-Mahon:
Venez! l'Autriche lutte avec Napoléon!
Les brûlantes hauteurs, couvertes de fumée,
Annoncent de bien loin la bataille à l'armée:
Le terrain est rebelle aux rapides élans,
L'heure s'écoule vite et les secours sont lents.
Il faut faire avancer la lourde artillerie
Sur l'humide rizière et la molle prairie,

Sur les berges du fleuve, où croissent les roseaux,

Terrains trempés de pluie, inondés par les eaux,

Où l'affût du canon s'enfonce avec la roue

Dans l'ornière creusée au milieu de la boue;

C'est le côté bourgeois des guerres; par moments

L'homme n'est rien, il faut dompter les éléments.

Oh! vous dompterez tout! un héros de l'armée,

L'homérique géant des combats de Crimée,

Canrobert a paru sur la rive, et son nom

Court dans l'air, dominant les éclats du canon;

Niel s'élance avec lui dans les chaudes mêlées,

Entraînant les soldats aux cimes crénelées,

En se faisant soldat, et l'épée à la main,

Dans le sang et le feu leur ouvrant un chemin.

Comme aux anciens combats des poëmes épiques,

Où les guerriers, croisant les glaives et les piques,

Face à face; serrés pieds sur pieds; confondant

Leurs haleines de flamme, à ce duel ardent,

Faisaient, en se frappant et d'estoc et de taille,

De vingt mille combats une seule bataille,

Autrichiens et Français ont confondu leurs rangs

Sur Magenta, jonché de morts et de mourants;

Notre aigle impérial a regagné la cime :

Attaque et résistance, ici tout est sublime ;

Terrain conquis, perdu, reconquis; chaque effort

Révèle deux géants dans un duel à mort;

Le courage est égal, et la victoire ailée

Plane d'un vol douteux, sur l'horrible mêlée;

Mais toujours, pour la France, au suprême moment,

Il arrive, le Dieu qui fait le dénoûment !

Il arrive! c'est lui qui, dans l'autre épopée,

Sur Malakoff conquis enfonça son épée,

C'est Mac-Mahon! il vient, quand sur tous les sillons

L'ennemi déployant de nouveaux bataillons,

Et d'un cercle de fer, citadelle animée,

Vers le fleuve voisin, menace notre armée.

De la victoire lente, agile avant-coureur

Mac-Mahon a suivi l'ordre de l'Empereur.

On entend retentir sur le terrain qui crie

Le roulement d'airain du train d'artillerie,

C'est la foudre française; elle vient, disparaît,

Revient, se précipite, et lorsqu'un temps d'arrêt

S'établit un moment sur la ligne volante,

L'éclair brille au soleil, une grêle brûlante

Tombe sur l'ennemi, renverse les plus forts,

Et bientôt les vivants se comptent par les morts.

Cherchez la foudre, elle a disparu dans l'espace,

Nul ne peut la saisir c'est la trombe qui passe,

C'est l'ouragan de feu, c'est le vent de l'enfer,

Inondant l'horizon de globules de fer :

En temps de paix, on voit, sur de tranquilles scènes,

Jouer innocemment ces drames de Vincennes,

Et si la guerre éclate, on fait cesser le jeu,

Le bruit de l'air devient la tempête de feu ;

Magenta voit tomber devant nos batteries

Ses lignes de soldats, comme dans les prairies

Les herbes et les foins tombent, dans leur fraîcheur,

Sous le tranchant d'acier de l'agile faucheur.

La bataille a duré tout un jour ; la nuit tombe

Vingt mille morts sanglants demandent une tombe ;

La France a remporté sa victoire, en passant

Le fleuve du Tessin, et ce fleuve de sang ;

Rien ne peut l'arrêter dans sa course hardie,

En la touchant, elle a conquis la Lombardie ;

Nous voilà sur la plaine, où luisent à nos yeux

Tous les noms éclatants qui parlent des aïeux ;

Nous unissons l'ancienne et la moderne histoire :

Demain, c'est Marignan qui nous fait la victoire,

Comme si Dieu lui-même avait voulu lier

Et l'Empereur du peuple et le roi chevalier,

Et nous prouver encor sur la plaine connue

Que le bonheur ancien pour nous se continue ;

Et, qu'à Marignan deux, l'oriflamme des lis

A légué sa fortune au drapeau d'Austerlitz ! (2)

14 juin 1859.

60me Anniversaire de Marengo.

NOTES

DU TROISIÈME CHANT

NOTE 1

Milan......

Dans la précédente livraison, l'auteur parle des statues qui décorent le dôme de Milan, et il n'en a pas exagéré le nombre, au contraire. Pour remplir une lacune, nous donnons aujourd'hui cette note explicative qui n'a pu trouver sa place dans le poëme, la première fois que le nom de Milan à été écrit.

Le dôme, ou cathédrale de Milan, est une des merveilles de l'architecture. On reste bien au-dessous de la vérité en évaluant au nombre de trois mille le nombre des statues qui peuplent cette montagne de marbre. En Italie, toutes les grandes villes montrent de superbes églises qui n'ont entre elles aucun point de ressemblance, ce qui révèle le génie de l'invention dans leurs architectes. Saint-Marc, à Venise, Sainte-Marie des fleurs, et Santa-Maria novella, à Florence, San-Lorenzo et l'Annonciade, à Gênes, les dômes de Pise et de Sienne ; Saint-Pierre, Sainte-Marie majeure, et Saint-Paul de Rome, sont toutes de magnifiques œuvres, et pas une d'elles n'en rappelle une autre, dans sa forme, sa dimension et ses détails. Dans les siècles d'imitation, l'architecte copie ; il fait même du gothique neuf, en plein dix-neuvième siècle, comme à Londres, à Birmingham, à Manchester, et même à Paris. Dans les siècles créateurs, comme le siècle de Jules II, Bramante et Michel-Ange, Arnolphe et Brunoleschi n'ont pas l'air de se douter que le dôme de Milan existe. Michel-Ange avait tant d'affection pour Santa-Maria novella de Florence qu'il la nommait mon épouse, *mia sposa;* mais il se serait bien gardé de donner une sœur à cette épouse; il aimait mieux lancer le dôme de Saint-Pierre à 430 pieds dans les airs, et ce dôme, grand comme le Panthéon d'Agrippa, n'est pas tombé !

NOTE 2

Marignan.....

Il y a une singulière remarque à faire, c'est que la lettre M, la lettre la mieux assise, est l'initiale de presque tous les noms que la France rend célèbres, en Italie, dans ses campagnes anciennes et modernes. Marengo, Mortara, Montebello, Magenta, Milan, Marignan, Mantoue, Mincio, etc., etc.; les troupes s'embarquent à Marseille, sur la Méditerranée, ou traversent le mont Cenis, et le premier duc de cette glorieuse campagne se nomme Mac-Mahon. L'auteur même de ce poëme ne pouvait échapper à l'M initial. Enfin, tous les hauts faits doivent être enregistrés par Mnémosyme, la Muse de la Mémoire. La lettre M est le trépied sibyllin; et en Italie les augures sont toujours pour nous.

V

MILAN

Paris, Imp. A. Bourdillist.

Paris, Imp. A. Bourdillist.

V

MILAN

Devant ses murs, gardés par la main ennemie,

Le pèlerin disait les vers de Jérémie :

« Quel destin a flétri cette noble cité !

Quel deuil tombe partout de son ciel irrité !

Quel tyran a contraint un grand peuple à se taíre ?

Le temple est sans échos, la rue est solitaire,

Et nul puissant vengeur, voyant ses pleurs couler,

N'arrive pour la plaindre et pour la consoler ! »

Les poëtes anciens, les sages du Portique

Auraient dit, dans leurs vers : c'est l'Andromède antique,

Ses pieds nus et ses mains portent d'indignes fers ;

Sa chevelure flotte aux brises de deux mers ;

Pour quel crime odieux a-t-elle été frappée

La fille de Céphas et de Cassiopée ?

Le crime d'être belle ! et des voisins jaloux

Sur l'illustre captive exercent leur courroux ;

Nulle oreille ne s'ouvre à sa douleur suprême,

Le nautonnier craintif passe sur sa trirème,

S'arrête, mais il voit le péril, et levant

Son ancre trop hâtée, il rend sa voile au vent.

Et la royale esclave, objet de tant de haines,

Frappe en vain les échos du vain bruit de ses chaînes,

Et le regard au ciel, priant avec ferveur,

Elle attend, sous les monts, l'hippogriffe sauveur !

L'Autriche a fait ce sort à Milan la superbe ;

Deuil partout ; son pavé disparaissait sous l'herbe ;

Son chant Italien, son hymne de gaîté,

Ses murmures joyeux dans les nuits de l'été,

Son luxe dans les bals et dans les promenades,

Ses plaisirs, ses concerts, ses bals, ses sérénades,

Tout était mort : silence au seuil de la maison ;

Silence autour des murs ; silence à l'horizon !

L'azur ne donnait plus sa teinte accoutumée

Au dôme aérien de Charles Borromée ;

Ses artistes chéris, harmonieux essaim,

Aux brises du printemps, qui soufflent du Tessin,

Ne venaient plus au cirque, où la noble musique

Charme et ravit le cœur, dans un drame lyrique.

Ses villas, ses jardins, dans la plaine semés

Avaient perdu leur joie et leurs parfums aimés ;

D'un hiver rigoureux l'éternelle présence

Semblait régner autour des maisons de plaisance,

Et dans tous les palais, d'un même deuil atteints,

Les marbres sont déserts et les lustres éteints.

Il manque à la cité sa liberté ravie,

L'âme, un souffle du ciel, le souffle de la vie ;

Elle attend, sans espoir, le bras qui la défend,

Et ne respire plus dans un air étouffant.

Il semble qu'elle va mourir d'une mort lente,

Cette jeune cité, cette reine opulente,

Étreinte par les bras des tyrans ravisseurs ;

Vivante, elle a le sort de ses antiques sœurs

Du sommeil de la mort, en Égypte, endormies,

Avec leurs dieux vaincus, leur peuple de momies,

Et qui semblent encor maudire, dans les pleurs,

Le tyran étranger qui leur fit ces malheurs !

Un jour, le vent, parti des bords du lac de Côme

Apporte un bruit lointain à l'écho de ton Dôme,

Noble cité ! bientôt l'espoir, ce bien perdu,

Remonté vers le ciel, semble enfin descendu :

Sur son lit de souffrance un peuple se réveille ;

Il n'a qu'un même cœur, et qu'une même oreille,

Il écoute, et du haut de sa vaste prison,

Il entend résonner la foudre à l'horizon !

C'est le tonnerre ami, la voix de délivrance,

La foudre du salut, le canon de la France !

C'est la victoire ailée ! elle a franchi les monts

Et vient rendre la vie à ceux que nous aimons !

L'oppresseur a tremblé ; César et son empire

Doutent de leur pouvoir ; Andromède respire,

Et bientôt le canon, tonnant sur le Tessin,

Mêle sa grande voix à la voix du tocsin.

Milan brise ses fers, et sa puissante haine,

Se fait une arme avec le tronçon de sa chaîne ;

L'esclave enfin se lève, et prompt à se venger,

De son enceinte libre, il chasse l'étranger,

Déchire les traités, où César revendique

Milan, comme perchoir de son aigle héraldique

Et le drapeau royal, qui triomphe dans l'air,

Voit tomber au Forum l'étendard de Gessler.

Oh ! nous la connaissons cette route fleurie

Qui traverse les champs de l'antique Insubrie,

Car, depuis deux mille ans, elle sert nos exploits,

Sous nos pères français, ou nos aïeux gaulois. (1)

Aujourd'hui, sans avoir diminué leur taille,

Les fils, après le jour de la grande bataille,

S'avançaient vers Milan ; il était beau de voir

Notre aigle impérial dans les vapeurs du soir,

Comme un astre levé sur l'Italie heureuse,

Guidant vers l'horizon la France voyageuse !

Ils marchaient, artilleur, cavalier, fantassin,

Tous encore noircis par les feux du Tessin,

Comme des voyageurs échappés d'un cratère;

Tous, le front radieux de gaîté militaire,

Suivant, par des sillons rendus par nous fameux,

Leurs drapeaux triomphants et dévastés comme eux.

Ils arrivent à l'heure où Milan se réveille !

L'Empereur et le Roi, deux soldats de la veille,

Avec leurs compagnons entrent dans la cité,

Où le peuple en délire, enfin ressuscité,

De ses libérateurs saluant la venue,

Invente, pour ce jour, l'allégresse inconnue,

Et, pour mieux exprimer sa joie et ses douleurs,

Inonde les chemins de larmes et de fleurs !

Tout ce qui porte un cœur dans ce commun domaine

Qui fait de vingt pays notre famille humaine,

Applaudit de partout, avec le même élan,

Au miracle sauveur qui repeuple Milan.

On raconte parfois à l'Europe attentive

Qu'au fond d'un souterrain une vie est captive,

Qu'un pauvre travailleur, hélas! ne peut sortir

Du puits où le sol croule et vient de l'engloutir;

Et l'Europe est fiévreuse; elle assiste à ces luttes

Du pauvre et de la mort, et compte les minutes,

Et ne respire plus, et veut, chaque matin,

Du malheureux mineur avoir le bulletin;

Et le jour qu'elle apprend qu'un dévoûment sublime

L'a ramené sur terre et sauvé de l'abîme,

Elle éclate de joie, et tressaille en disant:

Je crois ressusciter avec l'agonisant.

L'Autriche, sur Milan, un jour, s'est écroulée;

Dans son gouffre de mort, la ville désolée

S'agitait, sans pouvoir, à l'horizon vermeil,

Voir luire un seul rayon de vie ou de soleil;

Et le jour qu'à travers l'Autriche et ses décombres

Elle voit la lumière et disperse les ombres,

Et comme le mineur de ténèbres couvert,

Elle crie au passant: Mon sépulcre est ouvert!

On serait étonné, si l'Europe chrétienne,

Excepté le César et son conseil de Vienne,

Ne t'applaudissait pas, dans un accord pareil,

Vieux dôme de Milan, créé pour le soleil !

Et l'armée a franchi ces portes triomphales

Où la grêle de fleurs suit la grêle de balles ;

Elle sort, et sans prendre une heure de repos,

Au vent de la campagne elle rend ses drapeaux.

Confiante, elle suit par le sillon antique,

Le chemin de Vérone et de l'Adriatique ;

Cette plaine que juin pare de ses couleurs,

Où les champs du combat sont des jardins de fleurs ;

Où la France autrefois, sous les étés torrides,

Commença le recueil de ses éphémérides,

En laissant un rayon de victoire incrusté

Sur chaque nom ancien de fleuve ou de cité.

Nos phalanges bientôt vers l'Adige accourues

Du Paris triomphal retrouveront les rues,

Et jusqu'à Rivoli, sur tous les horizons

Les titres que la France a mis sur ses blasons.

Avec les souvenirs de cette noble terre
Il n'est pas de Vérone et de quadrilatère

Qui puissent arrêter nos aigles triomphants.

Les aïeux ont appris le chemin aux enfants ;

Les fleuves sur leurs ponts, les arbres sous leurs tiges,

De l'orteil paternel ont gardé les vestiges ;

L'écho républicain a conservé le chant

Que nos pères joyeux entonnaient en marchant;

Hymne, qui s'élevait en notes fulminantes,

D'un ouragan de voix lançait les épouvantes

Sur tous les Jérichos, quand l'orchestre d'airain

Accompagnait le chœur et l'immense refrain !

NOTES

NOTE 1

Sous nos pères français, ou nos aïeux gaulois.

L'antiquité, cette mère des batailles, avait une prédilection pour ce vaste plateau, où s'étendaient la Gaule cisalpine et le pays des Insubriens. Deux grands fleuves, le *Ticinum* et le *Padus* semblaient traverser ces belles campagnes pour favoriser les opérations stratégiques, à une époque où la guerre était partout l'état normal et la nécessité des nations.

Les Gaulois connaissent depuis deux mille ans la route qui conduit chez les Insubriens et sur les rives du Tessin, par les crêtes des Alpes et du mont Vesulus. A la seconde guerre punique, Annibal avait plus de Gaulois que d'Africains dans son armée. Le jeune général, peu secondé par les sénateurs de Carthage, qui voyaient en lui l'agitateur intéressé d'une folle entreprise, emmena du côté de Sagonte, ses fidèles cavaliers numides, et ses fantassins de Barca ; mais il comptait sur les auxiliaires recrutés en route, et principalement sur les Gaulois, qui se souvenaient toujours de Brennus, par une haine héréditaire, transmise d'âge en âge, et ne devant s'éteindre qu'après la guerre décennale de Jules César.

Annibal ne se trompait pas. Après la prise de Sagonte, la ville alliée des Romains, il ne rencontra en Espagne que des ennemis acharnés qu'il fallut soumettre ; mais il traversa la Gaule, sans livrer un combat, et n'y trouva que des partisans. C'est ce qu'exprime si bien Juvénal dans un seul vers en parlant d'Annibal ;

Hesperiæ domitor, qui gallica rura peragrans.

Le fils d'Amilcar traversa le Rhône, devant Ugernum, aujourd'hui Beaucaire ; ce fleuve est très-large sur ce point, et ses eaux sont torren-tielles ; un petit nombre de Gaulois aurait pu arrêter Annibal dans ce passage difficile ; et si aucun obstacle ne s'est présenté, c'est que le pays était pour lui, et ne demandait pas mieux que de le suivre en Italie, et d'associer l'étendard du coq de Brennus a l'étendard du lion punique. Annibal perdit ses éléphants dans les gouffres alpins, et sans doute, l'excessive rigueur du froid lui fit subir des pertes bien plus grandes ; peu de soldats, nés dans la zone torride, résistèrent à cette prodigieuse esca-lade, frayée à travers les neiges et les glaçons ; les zouaves et les turcos de Barca survécurent. Les Gaulois du Rhône, de l'Arar, de l'Isère, nés sous un ciel moins clément, souffrirent peu de l'affreuse intempérie des Alpes, et remplirent, très-avantageusement pour Annibal, les énormes vides laissés par les Africains. Il est donc permis à notre orgueil national de croire que nos ancêtres nous ont ouvert, il y a vingt siècles, le chemin où nos armées devaient s'illustrer jusqu'au grand siècle de Na-poléon III.

Des cimes du mont Vesulus, Annibal montra aux Gaulois les magni-fiques plaines de l'Insubrie, et les leur promit comme récompense de leurs travaux ; promesse imprudente qui causa bien des séditions dans l'armée, et devait la conduire, de victoire en victoire, au fatal repos de Capoue. Nous reconnaissons encore, dans ses mutineries et ses équipées joyeuses, le vieil esprit gaulois ; une armée toute d'Africains aurait été plus soumise au général carthaginois ; il y aurait eu dans la conformité de la langue, des mœurs, de la religion, le frein moral qui fait la discipline, et lie intimement le chef aux soldats. Des auxiliaires seuls, et des Gaulois surtout, à ces époques de barbarie, pouvaient organiser la révolte après la Trébia, Trasimène et Cannes, et réclamer impérieusement de doux loisirs, sur les bords enchantés de l'Aufide, et dans cette Campanie heureuse, qui conseille la mollesse, affaiblit la vertu militaire, endort le héros sur les fleurs du sybarite, et donne au réveil de mortels déplaisirs.

L'armée consulaire qui tenait garnison dans l'Insubrie, et occupait les places fortes du Tessin et de l'Éridan, depuis *Augusta Taurinorum*, Turin, jusqu'à Crémone et Mantoue, rassembla ses légions éparses pour arrêter Annibal, et jeter dans le fleuve cette avalanche africaine et gauloise qui tombait des Alpes. Pour la première fois le Tessin vit une bataille décisive ; elle ouvrait à Annibal vainqueur le chemin des Apennins toscans, de Florence et de Rome. Ce fleuve est le fleuve des destins. On lui a donné d'abord le nom de *Vaticinum*, neutre de *Vaticinus;* puis, les mots subissant toujours une corruption, la première syllabe a disparu, *Ticinum* est resté ; nous l'avons traduit par *Tésin*, et nous disons *Tessin* aujourd'hui.

Ainsi, au mois de juin de l'année 217 avant Jésus-Christ, les Gaulois ont planté leurs tentes et arboré l'étendard du coq essorant, sur les rives du Tessin, le fleuve augural ; ils ont sans doute trouvé des alliés dans la Gaule transpadane, toujours en révolte contre les Romains, et qui venait d'être soumise, un an avant la bataille du Tessin. Les Carthaginois avaient fait le serment d'Annibal, et les Gaulois le serment de Brennus ; ces deux puissantes haines illustrèrent le fleuve par une victoire qui préparait la Trébia, Trasimène et Cannes, et donnait à Carthage, dans les provinces insubriennes ou milanaises, des alliés, impatients du joug romain. Deux mille soixante et seize ans après, une minute dans l'infini du temps, le César du Danube, l'empereur d'Autriche qui prétend régner par le droit du vieux Tibre, *pater tiberinus*, veut asservir encore ces belles provinces, désolées, dans les guerres civiles, par les lieutenants de César ou de Pompée, et n'ayant d'autre droit réel que la force, il envoie aux villes de l'Éridan de nouveaux Labienus qui punissent Crémone, parce qu'elle est trop voisine de Mantoue, et Mantoue, parce qu'elle est trop voisine de Crémone,

Mantua væ miseræ nimium vicina Cremonæ,

alors les haines et les sympathies changent de rôles ; la France continue son aïeule ; elle vient au secours de Rome et de l'Italie, et rencontrant les aigles césariennes du Danube sur le Tessin, elle trouve immuable la destinée de ce fleuve augural, et ajoute un nouveau nom de victoire à son histoire militaire de deux mille ans.

Avec l'étendard du coq, ou avec son aigle de Napoléon, la France accomplit toujours une mission libératrice. Elle vient d'entendre encore les lamentations de ces pauvres laboureurs, chassés par les nouveaux Labienus, et les voix des oppresseurs criant sur l'Adige leur antique *veteres migrate coloni*, et elle ne remettra l'épée au fourreau qu'après avoir rendu à lui-même ce beau pays, depuis les racines des Alpes jusqu'à la mer Adriatique ; c'est l'énergique vœu exprimé par Napoléon III, l'homme qui mène toujours l'exécution aux confins de sa volonté.

VI

SOLFERINO

MINCIO 1796. — MINCIO 1859!

Paris Imp. A. Bourdilliat,

VI

SOLFERINO

MINCIO 1796. — MINCIO 1859 (1)

Le siècle allait finir, Bonaparte se lève !
Actif par la pensée, et puissant par le glaive,
Avant tous, il conçoit le glorieux dessein
De traverser au vol la ligne du Tessin,
D'effacer sur le front de la noble Italie,
Le stigmate étranger du joug qui l'humilie,

Et de lui rendre enfin son antique fierté,

L'auréole des arts et de la liberté !

Ce que nous finissons, c'est lui qui le commence :

Il a, pour réussir, en ce labeur immense,

Trouvé sous les drapeaux, dans un village alpin,

Trente mille soldats sans solde, mais sans pain,

Héros insoucieux de tout, hormis de gloire,

Et tous, croyant pouvoir atteindre la victoire

Plus vite, s'ils couraient aux périls inconnus,

Sans argent, sans bagage, à jeun et les pieds nus.

Inaugurant alors sa marche militaire,

L'Autriche remonta vers son quadrilatère,

Pour se donner toujours l'avantage du lieu,

Avec l'autre Giulay, qui se nommait Beaulieu.

Jamais de ses vieux plans l'Autriche ne s'écarte.

Milan étant conquis, le jeune Bonaparte,

Comme libérateur par le peuple applaudi,

Tombe du Mincio sur le pont de Lodi :

Et l'Autriche était là, comme écluse, au passage,

Dans ses retranchements, selon l'ancien usage ;

Canons sur les hauteurs, canons à feux croisés,

Sur la berge, la plaine et les terrains boisés ;

S'ils passent, dit l'Autriche, *ils tomberont en cendres.*

Par bonheur nos soldats sont tous des salamandres ;

Ils vivent dans le feu beaucoup mieux que dans l'air ;

Avant le coup de foudre ils éteignent l'éclair,

Et connaissent si bien le vol de la tempête,

Que le boulet se trompe et passe sur leur tête.

Lannes crie : En avant ! et Murat lui répond ;

Pour courir à leur gloire ils attendaient ce pont,

Ces deux jeunes héros, qui, sous les cieux numides,

Traverseront le Nil devant les Pyramides !

Nos soldats ont toujours regardé comme un jeu

De courir entre l'eau d'un grand fleuve et le feu :

Dans les sillons de mort qui remplissent l'espace,

Sur les arches d'un pont lorsque la France passe,

On dirait que le bruit d'un canon innocent,

Dans un jour solennel, la salue en passant;

Comme au temps de la paix, quand l'airain de la foudre

Rejettant le boulet, ne garde que la poudre.

Et le pont est franchi, dans un vol triomphant !

Beaulieu recule encor : le Mincio défend

La route de Venise et du quadrilatère;

C'est un simple ruisseau qui coule à fleur de terre ;

Bain providentiel sur la route jeté

Pour rafraîchir l'ardeur des soldats, en été ;

Ce n'est pas un obstacle ; on court sur les eaux vives

Entre le double feu qui brûle les deux rives.

Nous écrasons Beaulieu, toujours un contre trois;

Les chasseurs du Tyrol, dans leurs vallons étroits,

Apprennent l'art de fuir, et cherchent sur la carte

Le point qui les dérobe au bras de Bonaparte ;

La victoire est partout ; sur ses quatre côtés
De leur quadrilatère on ouvre les cités ;
L'Italie est à nous ; à sa borne dernière,
Le lion de saint Marc agite sa crinière,
Et déjà le soleil du quinze prairial
Voit lever sur les monts un aigle impérial !

Chose inouie ! après soixante-quatre années
Le même sol va voir les mêmes destinées !
L'Italie est en deuil, la France est encor là !
Le cadre du tableau n'est pas changé ; voilà
Le grand soleil de juin qui toujours nous regarde ;
Voilà le Mincio, voilà le lac de Garde,
Mantoue, à droite, un peu plus loin, à l'horizon.
C'est le plus grand des jours de la belle saison ;
Minuit vient de sonner, et déjà l'aube agile
Blanchit les peupliers du fleuve de Virgile ;

On entend retentir les hymnes du matin

Du divin Mantouan, cet Homère latin,

Et sur le front des bois, qu'un jour pâle couronne,

Le chant que Juliette entendit à Vérone (2).

C'est l'heure de l'amour ; mais dans les environs

Tout se tait ; les oiseaux ont peur de tes clairons,

Autriche poétique ! et ton aigle à deux têtes

Souille ces mêmes lieux bénis par deux poëtes !

Ces deux frères germains de Gœthe et de Schiller,

Du Mincio paisible ont sanctifié l'air,

Et tu viens attirer la guerre et son cortége

Sur le jardin des dieux, Autriche sacrilége !

Eh bien ! parais ! Malgré ta force et ta valeur,

Ce stupide attentat doit te porter malheur !

A l'horizon, vois-tu la ligne qui s'avance ?

C'est le bras d'un vengeur ; le bras droit de la France ;

Il s'allonge, serpente, et puis, quand il se tord

Pour saisir l'ennemi, l'ennemi tombe mort.

A cette heure, où l'aurore épanche la rosée,

Sous deux lignes de feu la plaine est embrasée ;

Deux mondes ennemis l'agitent en marchant,

Des montagnes de l'est aux vallons du couchant ;

Jamais la mort n'a vu, sur la plaine et les crêtes,

Convoquer plus de foule à ses terribles fêtes !

Cirque immense, où partout manquent les spectateurs !

Deux cent mille ennemis couronnent les hauteurs ;

Les uns les garderont comme des citadelles ;

Les autres vont tomber pour déborder nos ailes,

Pour battre nos grands corps, aisément refoulés,

Si, dans la vaste plaine, ils marchent isolés,

Ou pour couper la ligne au centre ; une tactique

Fort vieille, et qui commence à devenir antique.

Nos soldats s'avançaient avec lenteur ; unis

En bloc, et déroulant leurs chaînons infinis,

Fantassins, cavaliers, légère artillerie,

Tous comprimant encor cette ardente furie

Qui rugit et doit tout chasser en se levant,

Comme fait le simoun sur le sable mouvant.

Dans cette armée immense enrôlé volontaire,

L'Empereur gouvernait un peuple militaire ;

On eût dit qu'il prêtait son oreille à la voix

Qui, sur le Mincio, retentit autrefois :

Mystérieux élu, tout rempli des pensées

Que sur le roc d'exil le grand homme a laissées,

Il veut, jusqu'à la fin, l'accomplir en entier,

La haute mission dont il fut l'héritier :

Les jours républicains et les jours de l'empire,

Retentissent partout dans cet air qu'il respire,

Et, sortant de la tombe, une héroïque main

Pour lui, de la victoire éclaire le chemin.

Place et bonheur à tous, car le chemin est large !

Fanfares, éclatez ! tambours, battez la charge !

Mèche aux canons, drapeaux et bannières au vent,

Pied leste, sabre au poing, baïonnette en avant,

Feu sur toute la ligne ! escaladez ensemble

Le volcan de l'Autriche, et que la terre tremble,

Et que sur tous les bords du cratère qui bout

Pas un seul ennemi ne demeure debout !

Voilà Solferino dont la cime enflammée

Inonde de ses feux la gauche de l'armée ;

Un village volcan ! c'est Baraguey-d'Hilliers,

Avec ses fantassins, avec ses cavaliers,

Qui tombe de la plaine au sommet du village,

Dans les retranchements laboure le passage,

Cherche les ennemis, et les ayant atteints,

Écrase l'artilleur sur les canons éteints !

Mac-Mahon s'avançait, sa droite soutenue

Par Niel, et la bataille au centre continue,

Pendant que Canrobert, sur l'autre aile placé,

Garde un point que Mantoue a de loin menacé.

Il faut tout enlever, car sur toutes les routes

Les hameaux des hauteurs sont changés en redoutes;

Cavriana, plus loin Saint-Cassien, tous deux

Hérissés de redans, sur nous croisent leurs feux ;

L'Empereur se souvient de son arme chérie,

Il se crée aussitôt chef de l'artillerie,

Il pointe les canons, et promu dans les camps,

L'artilleur couronné fait taire les volcans,

Et la Garde les a conquis à l'heure même.

Au centre, l'ennemi tente un effort suprême,

La bataille renaît, et pour nous faire voir

Ce que peut le courage après le désespoir,

Quand l'ardeur qui s'éteint crée une ardeur nouvelle :

Artilleurs, cavaliers, fantassins, tout se mêle;

C'est un choc formidable, un chaos, où les mains

Dans un rempart de chair se creusent des chemins,

Où la vie et le sang sont joués avec rage

Entre deux ennemis égaux par le courage ;

Un jeu qui doit finir sur ce champ hasardeux

Quand la force s'épuise et manque à l'un des deux.

La France est la plus forte à cette grande épreuve !

L'ennemi se disperse et repasse le fleuve ;

Au même instant le ciel s'illumine d'éclairs,

Et veut continuer la lutte dans les airs ;

La foudre retentit ; une trombe enflammée

Éclate sur l'Autriche et poursuit son armée ;

C'est un jour de défaite, une nuit de terreur !

Que la fuite, après Dieu, sauve son Empereur !

Il voulait voir de près la France ; elle est venue ;

Il voulait la connaître, eh bien ! il l'a connue ;

Ses vœux sont satisfaits, il doit être content :

Son zèle affectueux n'a trouvé qu'un instant

Pour meubler avec soin une chambre garnie,

Où son heureux rival, la bataille finie,

Donnant à la victoire une heure de repos

A goûté le sommeil sur un lit de drapeaux.

Jeune César vaincu, bien digne d'une plainte !

Il disait : Je combats pour une cause sainte.

Il le disait encor, ce jour-là, le matin ;

Mais quel aveuglement a frappé le destin !

Le soir, redevenu colosse aux pieds d'argile,

Il cherchait le salut dans une fuite agile,

Et comme Romulus, ô prodige inoui !

Dans l'immense tempête il s'est évanoui !

Les yeux qui le suivaient fuyant dans la carrière,

Ont vu tout cet orgueil se changer en poussière,

Et dans la même éclipse, à l'horizon vermeil,

Tomber au même instant César et le soleil !

Et quant à nous, — l'an mil sept cent quatre-vingt-seize,

Bonaparte conçut la grande œuvre française,

Et son digne héritier, fidèle au testament,

Va bientôt couronner l'auguste monument !

NOTES

DU SIXIÈME CHANT

NOTE 1

Dans cette œuvre entreprise, les exigences de l'impression et de la périodicité ne se trouvent pas toujours en parfait accord avec les nouvelles officielles reçues du théâtre de la guerre; pour donner une idée de ce travail à mes lecteurs qui veulent bien m'honorer de leurs affectueuses missives, auxquelles je n'ai pas toujours le temps de répondre, je me bornerai à dire aujourd'hui, que je n'ai pu lire à la campagne, à Auteuil, que le mercredi à midi, le *Moniteur* qui donnait quelques détails sur la bataille de Solferino, et qu'il fallait pourtant donner mon manuscrit à l'impression le même jour, afin de pouvoir paraître samedi matin.

NOTE 2

Le chant que Juliette entendit à Vérone.

Il est à remarquer, en passant, que Virgile et Shakespeare, ces deux grands poëtes, ont immortalisé dans leurs vers Mantoue et Vérone, par de petits détails : le peuplier du Mincio, *populus in fluviis ;* le *Mantua me genuit*, vivront autant que les vers où retentit l'alouette de Vérone, dans le drame de *Roméo*.

VII

VENISE

Paris, Imp. A. Bourdilliat.

VII

VENISE

Tu seras libre aussi, glorieuse rebelle,

O fille de Vénus! ô Venise la belle,

Toi qui naquis des eaux, comme ta mère, un jour

Que le ciel et la mer unirent leur amour !

Ton soleil est bien pâle; un ciel aux teintes grises,

Écrase les clochers de tes cinquante églises;

C'est le crêpe de deuil que met une cité

Sur son front, en perdant la douce liberté.

Morne, tu t'entretiens avec d'antiques rêves.

Le désert du Lido raconte sur ses grèves,

La place de Saint—Marc redit sous ses arceaux

Les jours de ton passé, quand tes mille vaisseaux

Donnaient, en s'élançant de ton chantier sur l'onde,

A tes républicains la royauté du monde.

Étais—tu grande alors! Les forêts de tes mâts

Allaient donner leur ombre aux plus lointains climats;

Ton lion, héritier de la louve de Rome,

Redouté dans Stamboul, planait sur l'hippodrome;

Si les Turcs menaçaient Rhodes, à son appel

La flotte du Lido cinglait vers l'Archipel;

Les chevaliers, captifs dans leur île chrétienne,

Sortaient tous pour unir leur bannière à la tienne ;

Le barbare tremblait, en le reconnaissant,

Ton glorieux Saint-Marc, le vainqueur du croissant,

Et sur ses mâts plaintifs, ouvrant toutes ses ailes,

Il regagnait, au vol, l'abri des Dardannelles.

Tu luttais seule alors, avec un zèle ardent,

Amazone des mers, pour sauver l'Occident,

Pour arrêter partout, sur les côtes voisines,

Le flux dévastateur des hordes sarrasines,

Ou, dans leurs nids perdus sur la cime d'un roc,

Étouffer les vautours d'Alger et de Maroc.

Tes soldats revenus du marais méotide,

Ou des bords africains, ou de la Propontide,

De Rhodes ou de Malte, îles des chevaliers,

Arrivaient à Saint-Marc, et sur tous ses piliers

Incrustaient les joyaux que tes grands capitaines

Venaient de conquérir sur les rives lointaines ;

Si bien que cette église est un immense écrin,

Où, sur le marbre, l'or, le porphyre, l'airain,

Tout chapitre d'histoire, admirable relique,

Chante éternellement ta noble république,

Sculpte l'hymne de gloire en relief, et met

Ta strophe dans l'ogive, un rayon au sommet ! (1).

Venise, tes enfants, depuis sept cents années

Lisent ce livre saint, ces pages burinées

Dans la nef de Saint-Marc par la main des aïeux,

Et maintenant, partout lorsqu'ils jettent les yeux,

Ils osent demander à la justice humaine

Si tous les héritiers de ce noble domaine

Doivent être punis par des tyrans voisins

Pour le crime d'avoir vaincu les Sarrasins,

Civilisé l'Europe, et conquis la couronne

Des arts, sous Tintoret et sous Paul de Vérone ?

Oh ! non ! L'Autriche même, excepté trois barons,

Ville de liberté, souffre de tes affronts !

L'Europe veut briser la main qui tyrannise

Cette mère des arts, cette auguste Venise ;

Et déjà sur ses flots, précurseur du réveil

Luit le premier rayon de son premier soleil !

Il arrive au Lido le grand jour qui restaure

La fête de son doge et du vieux Bucentaure ;

Devant Saint-Marc, l'écho des gothiques piliers

Va nous redire encor l'hymne des gondoliers,

Quand le doge, du haut de son palais nautique,

Célébrera l'hymen de son Adriatique,

Et dans un joyeux soir du libre thermidor

A la vague d'azur lancera l'anneau d'or !

Ce sera juste enfin !

— Jeune César d'Autriche,

Ton trésor est à sec, ton empire est en friche,

Ta capitale est morte, et ton Danube en deuil

Roule des flots d'ennui ; c'est un triste coup d'œil,

J'en conviens ; mais aussi, je le dis à voix haute,

Comme on parle à des sourds, tout ce deuil est ta faute.

A force d'observer l'État vénitien

Pour mieux river sa chaîne, on néglige le sien ;

Avec des assignats un pays n'est pas riche ;

Un papier jaune sert de monnaie à l'Autriche ;

La ronce et le chardon embellissent tes champs ;

La marchandise manque à tes vaisseaux marchands ;

Ton commerce se borne à fabriquer des chaînes,

Pour les vendre au voisin qui paye avec ses haines,

Si bien, que si l'injure avait le prix d'un sou

Ta caisse contiendrait plus d'or que le Pérou.

Quel démon, fils aîné de la diplomatie,

Un jour vous conseilla d'aller en Vénétie,

Artisans de désastre et barons sans vassaux,

Avec des artilleurs, des bombes, des vaisseaux

Pour démolir Saint-Marc et ravir à Venise

Sa vieille liberté noblement reconquise ?

O Rialto béni ! lion ressuscité !

Ciel qui couvre d'azur la flottante cité !

Vous vîtes ce jour-là le sol ouvrir ses tombes

Aux éclats foudroyants des obus et des bombes :

Vous vîtes, ce jour-là, le sublime moment

Où tout un peuple, uni par le même serment,

Sur son tombeau, vouait l'iconoclaste immonde,

L'Autriche incendiaire aux vengeances du monde !

Eh bien ! ce cri de mort à franchi l'Apennin :

Dans son noble linceul, le spectre de Manin

A reparu, brillant d'une auréole antique,

Sur la Lagune, aux bords de son Adriatique ;

A ce glorieux nom d'un mort toujours vivant,

Venise a tressailli sur son pavé mouvant,

Elle a fait résonner la chaîne qui la lie

Sous la main étrangère, au bout de l'Italie,

Et la France répond, en lui tendant la main :

« L'esclave d'aujourd'hui sera reine demain ! »

Elle doit être enfin libre comme son onde ;

Dieu, comme un monde à part, la créa sur ce monde :

C'est un navire à l'ancre, en forme de cité,

Qui n'a point de copie, et n'a rien imité ;

Avec tous ses canaux, sa mer, sa basilique,

Son pont ; elle naquit pour être république,

Et se donner des lois, selon sa volonté,

Comme fait un vaisseau voguant en liberté.

On s'écrie, en voyant le bras qui tyrannise :

Mais qu'a donc de commun l'Autriche avec Venise?

Polyphème et Vénus, le centaure et la fleur,

Le gaz et le soleil, le gris et la couleur !

L'Autriche paresseuse, et veuve du génie,

Depuis Jules César cherche une colonie,

Et pour avoir de l'or en échange du plomb

Elle attend Albukerque et Christophe Colomb;

Mais, hélas ! ces marins ne sont pas nés encore!

Les pays du couchant, les pays de l'aurore

N'ont pas un seul rocher où le navigateur

Puisse livrer au vent le drapeau d'un planteur.

Alors, en attendant Colomb et le Messie,

L'Autriche a découvert la belle Vénétie,

Un nouveau continent, un pays inconnu

Qu'elle trouva, dit-on, habillé d'un roc nu ;

Elle le prend, le soigne ; elle le colonise

De sa main maternelle, et le nomme Venise.

C'est un droit de conquête ! ah ! tant pis ! les traités

Sont là, signés de tous ; ils seront respectés.

« Ils me donnent le droit, dit l'Autriche, de prendre

Tout ce qui n'est pas mien, et de ne pas le rendre ;

De changer des chrétiens en esclaves tremblants,

De faire le commerce et la traite des blancs,

De conduire au bâton tout ce troupeau servile

Qui prend le nom de peuple et remplit une ville,

D'égorger les moutons quand ils sont révoltés,

De faire tout, enfin, par le droit des traités ! »

Et c'est en l'an de grâce où le ciel nous fait vivre

Qu'on ose des traités nous exhiber le livre,

Et qu'en nous désignant les articles du doigt,

Un tyran dit : « J'opprime, et je suis dans mon droit. »

Oh ! cet anachronisme a vécu trop d'années !

La fin commence ; il faut que d'autres destinées

Vous arrivent du ciel, naufragés du Lido,

Nobles Vénitiens couchés sur le radeau !

Dans la nuit, regardez sur les eaux endormies,

Scintiller le rayon des étoiles amies :

C'est l'arc-en-ciel nocturne, aux changeantes rougeurs,

Allumé sur les mâts des navires vengeurs ;

C'est du côté des mers, l'autre bras de la France ;

Sur votre Adriatique il s'allonge, et s'avance

Pour saisir avec vous le but où vous tendez,

Et la France n'a point de bras gauche... Attendez !

NOTES

DU SEPTIÈME CHANT

NOTE 1

... Un rayon au sommet,

Ces dépouilles opimes, ces trophées superbes, ces précieuses reliques, toutes ces conquêtes que Venise a incrustées à Saint-Marc, sont décrites avec le soin minutieux d'un excellent écrivain et d'un poëte artiste dans *Venezia la bella*, œuvre qui réunit le mérite de l'histoire au charme du roman. Voici un fragment du livre d'Alphonse Royer, livre qui est de circonstance aujourd'hui plus que jamais :

« Presque tous les monuments des arts rassemblés à grands frais dans cette belle capitale de l'empire d'Orient (Constantinople), ces dépouilles de la Grèce, transportées de Corinthe à Rome par Lucius Mummius et par l'édile Scaurus, puis enlevées à l'Italie pour embellir Constantinople, la nouvelle capitale de l'empire, périrent ainsi sous le fer et la flamme. Ainsi périt la Pallas de l'île de Linde, belle femme antique qui avait reçu le souffle du ciseau de Scyllis et de Dypœne, statuaires du temps de Cyrus ; ainsi le Jupiter Olympien de Phidias ; la Vénus de Gnide de Praxitèle ; les figures de l'Occasion et de Junon de Samos, les deux chefs-d'œuvre de Lysippe. L'argent, l'or et le bronze furent fondus, les marbres mutilés. Venise recueillit ces précieux fragments, et Saint-Marc en embellit ses murailles, ses autels et surtout sa magnifique façade. La couronne d'épines de Jésus-Christ mise en gage par l'empereur, faillit aussi enrichir le trésor de Saint-Marc. Venise avait prêté quatre mille marcs d'or sur cette couronne, et l'empereur ne pouvait rembourser le prêt à l'échéance. La couronne fut transportée à Vérone; mais saint Louis la racheta, comme on sait, et fit bâtir la Sainte-Chapelle pour l'y déposer.

» Saint-Marc dut se consoler de la perte de cette relique lorsqu'elle vit remiser sur la galerie de sa façade, au-dessus de sa principale porte d'entrée, les quatre chevaux de l'hippodrome de Constantinople, qui ne pèsent pas moins de quatre mille livres de bronze.

» Baïamonte Tiepolo et ses complices, qui tentèrent avec les armes de changer la forme du gouvernement à Venise, baignèrent de leur sang le pied de la basilique pour l'inauguration du quatorzième siècle. Constantinople, saccagée et brûlée, eut alors ses représailles, et les chevaux de Byzance furent chèrement payés par les têtes patriciennes tombées dans le panier du bourreau. Le groupe de porphyre qu'on remarque sur l'un des angles de la façade et les piliers coptes arrachés au temple de Saba dans la ville d'Acre, ne purent compenser une telle perte. Mais le pillage de Smyrne, les courses dans l'Archipel et les exploits de Pisani, contribuèrent puissamment à épaissir les rangs de ces colonnades innombrables de porphyres et de marbres précieux qui donnent une physionomie si originale à la façade de Saint-Marc.

» Ce siècle donna encore à Saint-Marc la chapelle de Saint-Isidore, avec les mosaïques qui revêtent ses murs et ses plafonds, et qui représentent la vie de ce saint, et les statues des apôtres, que les frères Jacobello et dalle Massegne de Venise sculptèrent sur la galerie de marbre qui sépare le chœur de l'église.

» Dès le quinzième siècle, les dépouilles de l'Orient viennent plus rarement enrichir la basilique de Saint-Marc, soit parce que, en effet, les flottes vénitiennes furent moins heureuses dans leurs guerres avec les Turcs qu'elles ne l'avaient été dans leurs expéditions contre l'empire des Grecs, soit peut-être parce que les arts modernes, perfectionnés en Italie depuis la ruine de Constantinople, furent jugés dignes, dès lors, de disputer l'admiration du monde au génie de l'antiquité. Un bénitier de porphyre, placé à droite de la porte majeure de Saint-Marc, près de la chapelle des fonts baptismaux, semble indiquer cette transition. Ce bénitier, sur lequel sont sculptés, avec une délicatesse extrême, des figures d'enfants, des dauphins et des tridents, ouvrage remarquable du quinzième siècle, a pour base un autel de sculpture grecque antique. C'est la fusion dont je parle. Désormais, l'antiquité ne paraîtra plus que comme accidents. Le soin d'achever la métropole est confié au génie des artistes nationaux. Dans le quinzième siècle, Pietro Lombardo se fait distinguer le premier par la délicatesse de ses ornements. Pietro Lombardo est l'un des trois maîtres qui travaillèrent à décorer la chapelle Zeno, et qui coulèrent en bronze la statue et le tombeau du cardinal de ce nom.

» Puis arriva le seizième siècle. Ce beau seizième siècle, si fécond en hommes et en œuvres, s'était levé sur l'Europe pour la chauffer, pour la mûrir, comme une comète qui fait en même temps, sur toute une surface de monde, germer et grossir les épis, rougir et fermenter les raisins, et qui développe leur séve outre mesure; ainsi le seizième siècle fit jaillir le génie à la fois sur tous les points du globe. Venise, avec son ciel poétique, ses imaginations ardentes, son invention active, ne pouvait se laisser traîner à la remorque du siècle. Elle se mit à sa tête. L'école vénitienne acquit, sous cette influence, son plus haut point de splendeur. Tintoretto, Aliense, Tiziano, Maffeo, Vérona, Tizianello, Sansovino, s'empressèrent de payer à Saint-Marc, par des chefs-d'œuvre, leur tribut d'hommage et d'admiration. » (*Venezia la bella,* par Alphonse Royer.)

———

A MONSIEUR CROUZET,

LIEUTENANT AU 86e, 4e CORPS, 2e DIVISION, ARMÉE D'ITALIE.

Monsieur et cher confrère,

Vous m'envoyez des bords du Mincio une ode très-belle. A coup sûr, voilà les premiers vers français écrits dans le jardin mantouan de Virgile, sur les rives immortalisées par ces admirables vers :

..... Ubi tardis ingens flexibus errat
Mincius, et tenerâ prætexit arundine ripas.

Le ciel du divin poëte vous a porté bonheur. Il y a dans vos strophes un écho de ce volcan de Solferino, que la France militaire a éteint.

Vous comprendrez le scrupule qui m'empêche d'insérer ici vos beaux vers ; ils n'ont commis qu'une faute : ils me sont adressés. Vous êtes heureux, vous, poëte en uniforme ; vous chantez la bataille que vous avez traversée l'épée à la main ; et, à ce propos, vous faites un appel au poëte sédentaire qui chante la guerre en traversant les boulevards de Paris. Je me résigne à ce rôle ; mais, puisque vous avez un peu trop raison dans la strophe interpellative, je suis contraint à vous dire qu'il me serait facile de vous prouver qu'ayant demandé, au début de la guerre, la permission de suivre l'armée comme témoin enrégimenté, il ne m'est point arrivé de réponse satisfaisante jusqu'à ce jour. Si je sors de mes habitudes en révélant un humble détail de ma vie intime, c'est que le reproche indirect qui me vient, ce matin, de ma chère Mantoue, m'a été fort sensible. Il me semble qu'une teinte de ridicule s'attache au poëte qui célèbre les faits contemporains en se tenant à l'écart et bien loin, de peur de les voir : peintre de portraits qui prend la fuite pour ne pas rencontrer ses modèles, et se contente de les peindre avec le secours trompeur de l'imagination.

J'ai dans l'idée que ma lettre vous parviendra à Venise, et je l'insère dans cette livraison.

Votre bien affectueux et dévoué,

MÉRY.

Paris, 6 juin 1859.

VIII

ARMISTICE

Paris, Imp. A. Bourdilliet

VIII

ARMISTICE

On arrive au plus beau des longs jours de l'année ;

De gazons et de fleurs la terre est couronnée ;

Les jardins sont joyeux ; la plaine est un tapis

Semé d'azur et d'or, de bluets et d'épis ;

L'aurore, dissipant les vapeurs léthargiques,

Sourit aux laboureurs, instruits par les Géorgiques ;

Et Mantoue, oubliant Virgile et Romulus,

Pour saluer Diane a sonné l'*Angelus*.

Quelle sérénité dans l'air et dans la plaine !

Iapix et Zéphyr retiennent leur haleine ;

Le doux fleuve voisin, de ses tranquilles eaux,

Caresse mollement ses joncs et ses roseaux ;

Le pin harmonieux s'élève en dôme, et mêle

La voix de l'alouette au chant de Philomèle,

Le Mincio paisible à ce concert répond

Par des accords, brisés sur les arches du pont.

Quel beau jour ! Cependant aucun travail n'attire

Vers les sillons connus Palémon ou Tityre ;

On dirait que l'oiseau, prophète de terreur,

Prisonnier sous son toit retient le laboureur.

« Avant que le jour meure et qu'un autre renaisse,

Vivez heureux, ô vous qui brillez de jeunesse ! »

Disent en chœur les voix de la plaine et de l'air,

La vie est courte !

Alors, un homicide éclair
Bien avant le soleil illumine la plaine ;
Deux mondes, embrasés des tisons de la haine,
Se heurtent ; on dirait que le feu des démons
Sort d'un abîme ouvert et couronne les monts.
L'incendie est dans l'air ; un peuple d'Encélades
Sur les rocs embrasés tente les escalades ;
On voit partout tomber dans les gouffres béants,
Sous la trombe de fer, des files de géants,
Cadavres destinés aux sillons qu'ils engraissent !
Sur les monceaux de morts, les vivants reparaissent,
Pour mourir ou tuer, et l'acier va, fauchant.
Sur les deux horizons, de l'aurore au couchant
On entend sous les pieds trembler l'axe du monde.
Tout à coup l'éclair brille et le tonnerre gronde,
Le ciel parle à la terre, et dit : « Pauvres humains,
Mortels, laissez tomber les armes de vos mains ;

Assez de sang, assez! la plaine en est rougie ;

Laissez vivre la mort, elle a fait son orgie !

Vous avez, dans des chocs sublimes et hideux,

Prouvé que vous étiez héroïques tous deux ;

Que la voix de la paix sur les camps retentisse,

Réglez vos différends selon votre justice ;

Plus d'esclave avili, plus de noble oppresseur,

Mais la liberté sainte, avec la paix, sa sœur. »

C'est la voix qui jadis retentit sur la terre

Au mont Sina, parmi l'éclair et le tonnerre ;

Devant Solferino, sur des rochers brûlants,

La même chose arrive après quatre mille ans.

Puis, des nuages noirs couvrirent les armées,

Le canon éteignit ses gueules enflammées,

Midi sonna minuit dans la sombre vapeur,

Et le zouave même eut son instant de peur.

Oh ! si l'Autriche alors, saintement recueillie,

Eût écouté le ciel plaidant pour l'Italie,

Elle aurait, dans la nuit de ce brouillard épais,

Fait luire à tous les yeux le rayon de la paix,

Accordant tout de suite, au milieu de la trêve,

Ce que, deux jours plus tard, une victoire enlève.

Mais non, ce ciel tonnant ne fut pas écouté !

Alors, fais ton destin selon ta volonté,

Autriche ! et que partout, sur l'horizon immense,

La mort interrompue aussitôt recommence.....

Et le soir on a vu le soleil s'éclipsant

Dans les exhalaisons d'une vapeur de sang ;

On a vu sur les monts, dans le creux des vallées,

Sur le sable rougi des plaines désolées,

Plus de morts étendus, et plus d'agonisants

Que n'en pourront jamais récolter en quinze ans,

Dans l'ardeur des fléaux et des crises fatales,

Les fossoyeurs errants au sein des capitales.

Ils étaient, le matin, jeunes, brillants et forts ;

L'aube les voit vivants, le soleil les voit morts ;

Ils auraient pu créer un peuple, un nouveau monde,

Une France au désert, une Afrique féconde;

Les voilà! tous couverts des flots d'un sang vermeil,

Lourdement endormis de leur dernier sommeil!

Et bien plus loin, en proie aux angoisses amères,

Des épouses, des sœurs, des filles ou des mères,

Ignorant le secret de ce terrible jour,

Au foyer paternel attendent leur retour!

Et devant ce tableau, quand fume sur la plaine

La rougeâtre vapeur de l'hécatombe humaine,

Une immense pitié surgit dans tous les cœurs;

On ne voit, devant soi, ni vaincus, ni vainqueurs;

Grâce au progrès moral, dans le siècle où nous sommes,

Quand l'humanité souffre, on ne voit que des hommes;

Et Français et Germains, lorsqu'ils sont endormis

Sous le même cyprès, ne sont plus ennemis;

Alors, des deux côtés, on fait à la justice

Un appel, que les camps nomment un armistice;

D'un plus doux avenir c'est le mot précurseur,

Car souvent de la paix une trêve est la sœur.

C'est que les plus ardents au jeu cruel des armes

Cachent au fond du cœur le coin secret des larmes ;

Et, joyeux le matin, si, le jour finissant,

La campagne de fleurs se change en lac de sang,

Ils donnent un regard de tristesse profonde

A ce charnier humain qu'un fleuve rouge inonde ;

Et, la trêve expirant, toute haine s'éteint

Si le but proposé par l'honneur est atteint.

Donc, la trêve est donnée aux courses haletantes ;

Il faut le frais abri des arbres ou des tentes,

Le repos de midi, les veilles de gaîté

A ces soldats, souffrant des ardeurs de l'été.

Le poëte voisin a prédit l'armistice,

Quand il peignit si bien le fléau du solstice ;

Dans les vers mantouans pouvait-on mieux choisir,

Nobles soldats ? un Dieu vous fait ce doux loisir ! (1)

Oui, Napoléon trois, dans sa haute pensée,

A compris les devoirs de l'œuvre commencée.

Il pouvait, en suivant au grand lac du Tyrol

De l'aigle paternel l'infatigable vol,

Voir les quatre cités, et se rapprochant d'elles,

Broyer sous le canon leurs quatre citadelles;

Car le siége aujourd'hui n'est plus l'art ennuyeux

Qui devant une ville endormait nos aïeux;

Par des calculs certains, devant toutes les portes,

On trouve, après vingt jours, les clés des places fortes;

La routine a perdu son despotisme ancien;

L'art de Vauban s'est fait mathématicien;

On sait combien il faut de poussière entassée

Pour réduire Ilium, avec sa porte Scée;

On sait combien il faut de mètres de redans

Pour éteindre le feu sur les créneaux ardents;

On sait bien démolir la courtine aux deux ailes,

Mesurer au compas les lignes parallèles,

Donner l'intelligence à la foudre qui part,

Établir le mineur et couper le rempart.

. . . .

Sous mes arbres d'Auteuil ma muse est abritée,

Les voix parlent dans l'air, j'écris sous leur dictée,

Je n'entends que le bruit des feuilles et de l'eau :

Trois heures ont sonné dans le parc de Boileau ;

Tout à coup, une voix aux oreilles avides

Retentit ; le canon qui tonne aux Invalides,

Cette fois, colporteur de messages amis,

Réveille dans Auteuil les échos endormis. (2)

On annonçait la trêve, et la paix l'a suivie !

C'est la Paix ! c'est bien plus peut-être, c'est la vie !

Car Dieu sait quel fléau, sous un ciel enflammé,

Peut descendre demain sur tout un peuple armé,

Sur cent mille soldats, dans la brûlante artère,

L'homicide étouffoir de ce quadrilatère !

Nous, tranquilles bourgeois, fortunés citadins

Qu'environne partout l'ombre de nos jardins,

Sybarites en frac, dont le sommeil repose

Sur l'édredon soyeux, et se plaint d'une rose,

En été, nous aimons à suivre tous les pas

Qui se font aux pays où nous ne sommes pas;

A l'ombre, nous bravons la chaleur étouffante;

Nous enfonçons alors l'épingle triomphante

Sur la carte conquise, et là nous conduisons

Nos soldats de papier sur tous les horizons.

Nous, qui nous plaignons tant de cet été torride

Pensons à nos soldats, qui, sur la plaine aride,

Passent, sans éprouver un seul soulagement

Du feu de la bataille au feu du firmament !

Oui, bénissons la Paix qui donne à l'Italie,

En deux mois, sa grande œuvre, à peu près accomplie.

Glorifions Celui qui pose de sa main

Une puissante écluse aux flots de sang humain ;

Et l'armée? Oh! bientôt dans l'air pur qu'elle arrive !

Quand elle touchera la maternelle rive,

La foule lui dira, venue à flots épais,

Ta plus belle victoire est celle de la Paix!

NOTES

NOTE 1

Un Dieu vous fait   doux loisir.

Il est inutile de dire que ce vers est traduit de Virgile. Tout le monde le connaît. Je me borne donc à rappeler un vers moins connu, auquel je fais allusion plus haut, à propos du solstice d'été:

> *Solstitium... defendite, jam venit œstas*
> *Torrida.*

Ce vers a la température de 40° Réaumur, et il a été fait sur les bords du Mincio, dans la première quinzaine de juillet, probablement.

NOTE 2

éveille dans Auteuil les échos endormis.

Le poëme écrit sous la dictée des événements, ou pour mieux dire, de la dépêche électrique, expose l'historien à de graves mécomptes, qui ne sont pourtant pas dépourvus de quelque intérêt. Il était réservé à notre siècle de voir ces merveilles de rapidité, dans la transmission des nouvelles. Tout est bouleversé, dans les anciens usages, par ces surprises qui semblent tomber des nues. Dans mon humble sphère, je n'ai garde de m'en plaindre; bien au contraire, je m'en réjouis. J'avais commencé *l'amnistie*, et certes je comptais bien finir avec le même sujet. Arrivé presque au bout de mon travail, le canon arrête ma plume;... ce n'est plus l'armistice; c'est la paix.

Quel sera le titre de ma prochaine livraison? je l'ignore. Il y a aujourd'hui une dixième muse, la muse de l'imprévu.

———

ERRATUM. — Dans la précédente livraison, dernière ligne, page 116, 6 JUIN, il faut lire : 6 JUILLET.

IX

LA PAIX

AUX PHILANTHROPES DE L'ANGLETERRE

Paris. Imp. A. Bourdilliet.

IX

LA PAIX

———

AUX PHILANTHROPES DE L'ANGLETERRE

Dans les siècles anciens, même à l'aube des âges,

Quand l'homme obéissait à des instincts sauvages,

Quand la force, régnant par le droit du lion,

Avec l'horrible loi, la loi du talion,

Implacable, apportait, après une victoire,

La hache et les faisceaux dans le sanglant prétoire,

Et sur l'autel hideux de ses rouges charniers,

Égorgeait, en riant, les vaincus prisonniers ;

Aux jours du *væ victis*, la Paix, céleste idole,

Sur la terre arrivant avec son auréole

Et son rameau divin, ne trouvait, à son jour,

Que des adorateurs et des hymnes d'amour.

Quand Auguste César, donnant la paix aux villes,

Après la longue guerre et les luttes civiles,

Ferma, pour réjouir tout l'univers latin,

Le temple de Janus, sur le mont Palatin,

Aux hymnes qu'entonna Rome la métropole,

Les peuples endormis vers les glaces du pôle ;

Ceux qui boivent l'Araxe, impatient d'un pont,

Les Thraces de l'Euxin, les fils de l'Hellespont,

Les Bretons orgueilleux qu'un détroit d'eau profonde

Sépare de la Gaule et du reste du monde,

Répondirent, en chœur, et tous, en bénissant

La main qui tarissait un déluge de sang.

Et pourtant, en Afrique, en Asie, en Europe,

Personne ne portait le nom de philanthrope ;

La barbarie encore avait un voile épais;

On ne connaissait pas le Congrès de la Paix;

Le monde était en proie au conquérant rapace;

Monsieur Cobden vivait en germe dans l'espace;

Les lords n'écrivaient point, l'hiver dans leurs manoirs,

Sur le droit de visite et la traite des noirs,

En flétrissant toujours ou la guerre ou la force,

Selon le code humain laissé par Wilberforce;

Hélas! cet univers, de l'est à l'occident,

Ne connaissait qu'un code, *œil pour œil, dent pour dent!*

C'est que l'instinct moral des peuples de la terre,

Même de la Bretagne, aujourd'hui l'Angleterre,

Leur disait que les temps étaient enfin venus

De conquérir partout les progrès inconnus,

D'anéantir la guerre avec la paix féconde,

Et de renouveler la face de ce monde;

Alors Janus ferma sa porte à deux battants,

La Paix garda le seuil et régna cinquante ans.

Tout ce qu'on vit alors s'accomplir de merveilles

Est encore aujourd'hui l'entretien de nos veilles;

Tout ce qui fait l'orgueil du domaine des arts

On le doit à la Paix du second des Césars;

Dès qu'on eut désarmé Mars et sa sœur Bellone,

Le Panthéon tailla sa première colonne;

Le théâtre s'ouvrit; l'harmonieux latin

Purgé du vieux patois charma le Palatin;

Pour la ville altérée, aux montagnes lointaines

L'Édile demanda le trésor des fontaines,

Et les sculpteurs ornant d'innombrables arceaux,

Sur des arcs de triomphe apportèrent les eaux;

L'obélisque, élevé sur les places publiques,

Ou devant le parvis des vastes basiliques,

Annonçait dans les airs qu'enfin Rome et ses fils

Réveillaient la Sagesse, inhumée à Memphis;

Au palais de César, les colossales fresques,

Les lambris d'or semés de vives arabesques,

Encadraient, avec art, sous un ciel radieux,

Tout un peuple sculpté de héros et de dieux ;

Au pied de l'Aventin, colline populaire,

On creusa sur le Tibre, un port, où la galère

Vers le grenier public, comme un bras s'allongeant,

Apportait, chaque jour, le blé de l'indigent ;

Le chemin d'Appia, chemin impérissable

Voilant l'éternité sous sa couche de sable,

Fit rayonner partout, au milieu des épis,

Ses grands blocs, aussi doux aux pieds que des tapis ;

Et l'on vit marier, en bien moins d'une année,

L'Adriatique avec la Méditerranée,

Avec embranchement jusqu'aux rives d'Anxur,

Pour le bœuf de Clitumne et la mule au pied sûr :

Et cependant l'esprit agitait la matière,

L'âme habitait ce corps, car l'Italie entière

Se taisait, quand l'écho des horizons lointains

Apportait le doux chant des poëmes latins,

Les vers mélodieux, les strophes immortelles,

Mariés, dans Tibur, aux voix des cascatelles,

Ineffables concerts arrivés jusqu'à nous,

Voix du ciel que le monde écoutait à genoux !

Sous l'azur lumineux des collines de Rome,

Alors le ciel dicta sa mélodie à l'homme,

Et, dans l'accord divin du sublime entretien,

Naquit, vers Nazareth, l'Évangile chrétien !

La Paix seule pouvait opérer ce prodige !

Virgile, laboureur sur les bords de l'Adige,

Prenait sa lyre d'or, et sous le hêtre épais

Chantait l'hymne de gloire à la divine Paix ;

Il n'en critiquait pas le plus léger article,

Comme un *Morning-Herald*, comme un *Morning-Chronicle;*

Il n'était pas chrétien, et son hymne divin

Ignorait le choral de Luther et Calvin;

Sa main n'élevait pas, toute haine assoupie,

Un autel anglican à la Philanthropie ;

Il n'entrevoyait pas le poétique Éden

Du Congrès de la Paix et de monsieur Cobden ;

Le nom seul de la Paix réjouissait Virgile ;

Ce barbare païen devançait l'Évangile ;

Dépouillé par la guerre et par Labiénus,

Il aidait à fermer le temple de Janus,

Sachant bien que César, bientôt, du haut du trône,

Ferait un sort meilleur à Mantoue et Vérone,

Car le Bien sagement doit attendre son tour,

Et Rome ne s'est pas faite dans un seul jour.

Voici ce que disait le jeune ami d'Horace

Quand le terrible Mars, ce démon de la Thrace,

Du feu de la discorde embrasait les Romains :

« Oui, supplions la Paix et désarmons nos mains ;

» Nulle sécurité ne règne en temps de guerre,

» Nous demandons la paix, ce bonheur de la terre ;

» La Paix nourrit Cérès, et ses calmes leçons

» Donnent aux laboureurs de joyeuses moissons :

» Cérès les voit mûrir, et joyeuse comme elles,

» Embrasse sa nourrice aux fécondes mamelles. » (1)

Quand Virgile écrivait ces admirables vers,

Mantoue avait perdu ses dômes d'arbres verts ;

Le laboureur errait, sollicitant l'aumône

Le long du Mincio, de Mantoue à Crémone ;

Les plus jeunes n'avaient qu'un douteux lendemain ;

La guerre, en traversant ce lugubre chemin,

Laissait debout l'ortie, et livrait aux ravages

Les joyeuses moissons et les gras pâturages.

Mais quand la paix fut faite, oh ! comme il fut béni

L'homme qui dit à Mars : « Ton travail est fini ;

» J'apporte, en choisissant l'heure où tu te reposes,

» Une trêve au combat et le salut aux choses ! » (2)

Et Virgile aussitôt s'en va prophétisant

Un heureux avenir qui, pour nous, est présent :

Il dit : « Italiens, c'est la Paix qui s'avance ;

» Vous ferez entre vous un pacte d'alliance ;

» Ce pacte, cette paix, aucun pouvoir humain

» Ne peut les désunir, c'est du ciment romain !

» Le Temps rongeur ne peut, par sa faux et son aile,

» Dissoudre ce faisceau d'alliance éternelle ! » (3)

Ainsi parlait Virgile, et, dérobée aux yeux,

La charité chrétienne était encore aux cieux ;

La loi du sang régnait sur cette pauvre terre ;

Dans leur Olympe, Mars sanctifiait la guerre,

Et la sainte Iliade, en vers mélodieux,

Pour excuser les rois faisait battre les dieux !

La guerre est une force, et souvent elle opère

Avec succès, pour rendre un avenir prospère,

A des peuples courbés sous d'odieuses lois ;

Mais on doit mettre un terme aux belliqueux exploits

Quand le progrès du tir, dans le siècle où nous sommes,

Peut, en un jour, ôter la vie à cent mille hommes ;

Il n'est point de programme, écrit en commençant,

Qui puisse demander encore un lac de sang ;

C'est trop tuer ; il faut désormais, sur la terre,

Qu'on accorde à la Paix la force de la guerre ;

Qu'à des congrès futurs les sages envoyés

Empruntent au bon droit ses arguments rayés ;

Que, sans avoir recours à l'épreuve tragique,

D'un trait victorieux on arme la logique,

Et que tout soit conclu par la saine raison,

Autour d'un tapis vert de six pieds d'horizon.

Quand un ordre nouveau pour un pays commence,

Le sang n'est pas toujours une bonne semence ;

La liberté vient tard dès que l'ordre est absent ;

Au jour de la moisson on récolte du sang ;

Mais la Paix étouffant les haines endormies,

Seule pourra trouver les paroles amies

Qui fécondent le sol, où, dans sa puberté,

Les tranquilles conseils soignent la liberté.

Demain resserre donc le pacte qui te lie

Des Alpes aux deux mers, sage et noble Italie :

La guerre commença ton œuvre d'avenir,

Économe du sang, la Paix doit la finir !

NOTES

DU NEUVIÈME CHANT

NOTE 1

Supplions la paix et désarmons nos mains.

J'ai traduit littéralement, ou paraphrasé quelquefois, mais sans aucune altération du sens primitif, les beaux vers que Virgile a écrits sur la paix, en plusieurs endroits de son œuvre. Ces vers ont été écrits à Mantoue comme des prophéties; un poëte, doué du génie de Virgile, ne les ferait pas mieux aujourd'hui s'il voulait les appliquer à la paix de Villafranca. Je citerai tous ceux que ma mémoire me fournira, car j'écris sous les arbres d'Auteuil, où le premier livre me manque encore pour commencer une bibliothèque.

Oremus pacem, et dextras tondamus inermes...

. . . .

Nulla salus bello, pacem te poscimus omnes.

. . . .

Pax Cererem nutrit.

NOTE 2.

Une trève au combat et le salut aux choses.

. . . Requiem pugnæ, rebusque salutem

Affero.

C'est la pensée de l'empereur Napoléon III, lorsqu'il a pris une généreuse initiative, après Solferino. L'inspiration venait de Mantoue. Virgile est le meilleur des guides sur le Mincio.

NOTE 3

Dissoudre ce faisceau d'alliance éternelle.

Ici, la prophétie virgilienne emprunte même les expressions du moment. La confédération italienne est indiquée en termes précis.

Nulla dies pacem hanc Italis nec fœdera rumpet.

. . . .

. . . Pacem hanc æterno fœdere junges.

Cet enthousiasme pour la paix et cette aversion pour la guerre sont vraiment des choses à remarquer chez les poëtes païens. J'aurais pu prolonger encore les citations et faire même une incursion chez d'autres poëtes contemporains de la Paix d'Auguste. Il est en effet très-curieux de voir ces appréciations dans des œuvres de poëtes païens, lorsqu'on trouve dans les discours et les articles des chrétiens civilisés et des philanthropes de profession tant d'amour de guerre et de soif de sang humain, tant de sarcasmes contre la paix. Une dernière citation me suffira ; elle appartient à un frère de Virgile, à Ovide : *l'innocente paix, dit-il, convient aux hommes, la colère cruelle aux bêtes fauves.*

Candida pax homines, trux decet ira feras.

AVIS

Lorsque nous annoncions vingt livraisons de *Napoléon en Italie*, nous comptions sans les événements heureux qui ont amené une paix si prompte. Après la paix le chant de guerre cesse. La dernière livraison, qui sera la dixième, paraîtra samedi prochain, avec ce titre : LE RETOUR DE L'ARMÉE.

X

LE RETOUR DE L'ARMÉE

Paris. imp. A. Bourdillliat.

X

LE RETOUR DE L'ARMÉE

Donnons, en écrivant la fin de cette histoire,
Un pieux souvenir aux martyrs de la gloire,
A ceux qui sont tombés, et qui dorment là-bas
Du sommeil de la mort, sur le lit des combats ;
A ceux qui, rayonnant de vie et d'espérance,
Ont quitté, l'autre jour, leur maternelle France,
Et ne reverront plus, grâce au destin fatal,
La croix de leur clocher sur le hameau natal :

A ceux qui l'ont payé, l'impôt obligatoire,

Cette dette de sang qu'exige la victoire,

La dîme des tombeaux, que, dans l'ombre arrivant,

La mort vient prélever sur un peuple vivant !

Hélas ! ils sont nombreux ! Les monts et les vallées

Se jalonnent partout de tant de mausolées !

Associons les pleurs et les hommages dus

Sur la nécropolis qui les voit confondus ;

Cadavres aujourd'hui, demain pâles squelettes,

La mort leur donne à tous les mêmes épaulettes ;

Le deuil doit être égal ; soldats ou généraux,

Tous ont été promus au grade de héros !

Heureux leurs compagnons ! la Paix les a fait vivre !

D'une prison de feu cette Paix les délivre !

Ce n'est plus l'ennemi qui combattait contre eux ;

Un soleil homicide, un été désastreux,

Leur promettait bientôt, dans la tranchée aride,

La peste de Jaffa, sous la zone torride,

Et nous laissait, après de glorieux efforts,

La Vénétie esclave et tous nos soldats morts.

Bonaparte voulut poursuivre son programme,

Sur les sables d'Égypte, et sous un ciel de flamme ;

Le sort de l'univers est là, dans une tour,

Disait-il, et bientôt il était de retour,

Par la peste vaincu, laissant à l'Angleterre

Jaffa, Ptolemaïs, et leur quadrilatère !

Heureux, si plein de foi dans l'avenir riant,

Déjà maître du Nil, au seuil de l'Orient,

Docile à des conseils plus sagement timides,

Il eût signé la paix devant les Pyramides,

Et ramené vainqueurs, au rivage natal,

Tant de soldats, martyrs du ciel oriental (1) !

Aujourd'hui, sous le feu des zones enflammées,

En masse, on réunit tout un monde aux armées,

Et puis, dans les rigueurs d'un été sans pareil,

On s'expose à subir le Moscou du soleil ;

Oh ! nous avons assez de celui de la glace !

Il est trop dangereux d'investir une place,

Et de lancer la bombe aux quatre angles d'un mur,

Par quarante degrés, notés par Réaumur (2) !

La Paix vaut beaucoup mieux ; tant pis pour l'Angleterre !

Elle avait, à Jaffa, dans notre ancienne guerre,

Envoyé Sidney Smith, qui, de ces bords lointains,

A Londres écrivait ses joyeux bulletins :

« Les Français, disait-il, succombent ; il leur reste

Pour secours deux fléaux, l'Angleterre et la peste ! »

Près du Nil, le début de la France était beau,

Elle veut faire un siége, elle fait son tombeau !

Sidney Smith n'est pas mort, quoi qu'en dise l'histoire ;

Sur la plaine lombarde il suivait la victoire,

Et près du lac de sang, où l'aigle triompha,

Sous les murs de Vérone il attendait Jaffa.

Aussi, voyez déjà quel volcan de colère

Éclate tous les jours chez le peuple insulaire ;

Nos soldats ont commis envers lui deux grands torts,

Ils reviennent vainqueurs, et ne sont pas tous morts !

Oui, vainqueurs et vivants, des bords du lac de Garde,

Artilleurs, fantassins, cavaliers, et la Garde,

Ils arrivent, et prêts, sous leur aigle béni,

A recommencer tout, si rien n'était fini,

Et même à voir comment, sur la terre promise,

Un journaliste anglais défendra la Tamise,

Si quelques insulteurs ou de vieux étourdis

Par un peuple complice étaient tous applaudis ;

Si, dans un jour prochain, et ce qu'à Dieu ne plaise,

Se brisait le faisceau de l'alliance anglaise,

Grâce au poison public qu'on achète, en entrant

Chez les diffamateurs des offices du Strand.

Oui, vainqueurs et vivants, ils viennent ! noble armée,

Portant sur son blason : « Italie et Crimée ! »

Elle était, l'autre jour, sur les bords de l'Euxin ;

Par un pont de vapeur, elle arrive au Tessin,

Fait son œuvre en deux mois, en deux coups de tonnerre,

Étonne l'univers, déplaît à l'Angleterre,

Rentre au foyer natal, et, ployant ses drapeaux,

Elle attend l'avenir, comme Hercule au repos.

Quelle acclamation va saluer encore

Ces étendards sacrés que le haillon décore,

Et ces soldats qui vont défiler sous nos yeux,

Après Solferino, grands comme leurs aïeux !

Quel cri de joie immense elle va faire entendre

En revoyant ses fils, cette mère si tendre,

La France, qui toujours, l'œil au delà des monts,

A compté tous les pas de ceux que nous aimons,

Les a suivis au bout de leur pèlerinage,

Sous l'arbre du chemin, sur le champ de carnage,

Dans les vastes cités, où la joie et les pleurs

Éclataient devant eux sous des arceaux de fleurs !

Ils vont venir! Paris, la cité sans rivale,

Leur prépare déjà sa fête triomphale

Pour les ides d'Auguste et de Napoléon (3).

Des tours de Notre-Dame et du haut Panthéon

Jusqu'aux vieux carrefours, l'atmosphère enflammée

Rayonnera de feux pour notre grande armée,

Comme si, pour doubler le jour, à ce moment,

Tout le ciel à Paris prêtait son firmament.

Puis, les soldats iront visiter la chaumière

Où le noble travail fut leur gloire première,

Où, pour tenir le fer, comme les vieux Romains,

Le soc de la charrue habitua leurs mains.

Là, chez un peuple ami, sous l'arbre du village,

Sur les sillons de fleurs où passa leur jeune âge,

Le rustique pays à son enfant vainqueur

Donnera l'allégresse et la fête du cœur :

Fête qui, tarissant trop de larmes amères,

Dans les bras de leurs fils ressuscite les mères!

Le soir, à la veillée, entourés des aïeux,

Des parents attendris et des voisins joyeux,

Ils les raconteront, et bien mieux que l'histoire,

Ces beaux combats, toujours finis par la victoire;

Ils diront Magenta, cette sublime horreur ;

Auger et Mac–Mahon, la Garde et l'Empereur ;

Les files de soldats disparaissant, meurtries

Dans la grêle de fer des hautes batteries ;

Et, le pont traversé, ce merveilleux élan

Ouvrant à nos drapeaux le chemin de Milan ;

Après, Solferino, Josaphat des batailles,

Où vainqueurs et vaincus avaient triplé leurs tailles ;

Où, sur les rocs à pics couverts de combattants,

L'histoire accrédita la fable des Titans ;

Où le ciel se voila devant notre tonnerre,

Se mit de la partie et foudroya la terre !

Et les vieillards émus, écoutant ces récits,

Entre eux et leurs enfants resteront indécis ;

Mais, comme au temps passé, le Nestor centenaire

Ne dira plus : « Mes fils, le siècle dégénère ; »

Il dira : « Notre France a revu ses vieux jours,

Ce que nous avons fait, on le fera toujours (4) ! »

FIN

NOTES

DU DIXIÈME CHANT

NOTE 1

Par quarante degrés notés par Réaumur.

Le nouveau système introduit dans les guerres expose à une mort sans gloire les soldats de toutes les nations. Condé à Rocroy, Turenne sur le Rhin, Bonaparte à Marengo avaient des armées de quinze mille hommes, pas davantage, et peut-être encore les bulletins grossissaient l'effectif. En 1693, le général Mélac fit la campagne du palatinat avec quatre cents hommes ; et l'armée de la Hesse électorale, qui vint lui livrer bataille sur le Neckar, devant Heidelberg, était de la même force en nombre. Nous avons fait trop de progrès en ce genre. Rome qui se contentait de l'armée des trois Horaces, en 667 avant Jésus-Christ, avait vingt-cinq mille hommes, à Trasimène, en 217. Aujourd'hui, nous mettons sur pied deux cent mille hommes, ce qui oblige notre ennemi à nous imiter. Quatre cent mille hommes se trouvent donc en présence, au solstice ; avec les formidables moyens de destruction qui sont dans nos arsenaux, une bataille peut amonceler cent mille cadavres sur une plaine embrasée par le soleil. Nous ne comptons pas les chevaux. Les inhumations se font à la hâte; et mal; c'est inévitable. Continuez quinze jours la guerre, dans le voisinage de ces immenses cimetières, au mois de juillet, et vous rencontrerez un ennemi invincible : celui qui suivait toujours les grandes armées d'Attila, de Théodoric, de Xercès, de Mahomet II et de Soliman; vous rencontrerez la peste ou le typhus. En 1859, nous avons subi en Europe un été exceptionnel, un été qu'il était impossible de prévoir dans un programme quelconque. Après l'effrayante consommation d'hommes faite à Solferino, la peste et le typhus attendaient la France et l'Autriche dans ce fameux quadrilatère, qui même par sa forme topographique, semblait destiné à devenir le commun sépulcre de deux nations, sous quarante degrés Réaumur. Il n'y avait qu'un remède, la Paix. On ne livre pas toujours des Austerlitz, le 2 décembre, en plein hiver.

NOTE 2

Tant de soldats, martyrs du ciel oriental.

Les gazettes et les brochures de 1799 ont fait ce reproche au général Bonaparte, reproche auquel le journal officiel imprimé au Caire répondit avec une certaine réserve. On regardait, en France, la puissance des mamelucks et de Mourad-Bey presque anéantie, après la bataille des Pyramides, et quand les désastres amenés par la peste de Jaffa et l'échec du siége de Saint-Jean-d'Acre furent connus, on ne ménagea pas les invectives contre le général qui sacrifiait ses soldats dans l'intérêt de son ambition orientale. Bonaparte n'avait pas prévu la peste; « mais, à la guerre, il faut tout prévoir, » lui disait-on. Les Anglais triomphèrent de l'échec du quadrilatère syrien, et le commodore Sidney Smith, qui commandait le *Tiger* et le *Theseus*, dans les eaux de Saint-Jean-d'Acre, envoya tout de suite à Londres le bulletin triomphant de la victoire de la peste. Aujourd'hui le fils de Sidney Smith était dans l'Adriatique; mais il n'a pas envoyé le même bulletin. *Inde iræ times.*

NOTE 3

Pour les ides d'Auguste et de Napoléon.

Il est à remarquer que le mois d'Auguste (août) est devenu le mois de la dynastie de Napoléon. Voltaire, malgré un louable acharnement , n'a jamais pu parvenir à faire prévaloir dans notre calendrier le nom d'*Auguste*, pour remplacer *août*, si déplaisant à l'oreille et si équivoque dans la prononciation.

NOTE 4

Ce que nous avons fait on le fera toujours.

Ainsi le poëme finit comme il a commencé. L'auteur, dès son premier vers, n'a pas douté des triomphes de l'armée ; il a écrit le même jour le premier chant de *Napoléon en Italie,* et il a fait répéter sur le théâtre impérial de l'Opéra une cantate huit jours avant la première victoire.

INDEX

www.ingramcontent.com/pod-product-compliance
Lightning Source LLC
Chambersburg PA
CBHW051130260626
47170CB00005B/1751